까마귀

까마귀
한국 근대 단편 소설 텍스트힙

초판 1쇄 인쇄 2025년 6월 2일
초판 1쇄 발행 2025년 6월 9일

지은이 · 이태준

펴낸곳 · 칼로스 | 출판등록 · 2020년 12월 8일 (제2020-000022호)
이메일 · uranos711@naver.com

- 무단 전재와 무단 복제를 금합니다.
- 책값은 뒤표지에 있습니다.
- 파본은 구입하신 서점에서 교환해드립니다.

ISBN 979-11-94897-06-4(03810)

kalos

목차

까마귀 6

해방 전후 42

돌다리 124

토끼 이야기 146

농군 176

무연 214

까마귀

"호—"

새로 사 온 것이라 등피에서는 아직 석유내도 나지 않는다. 닦을 것도 별로 없지만 전에 하던 버릇으로 그렇게 입김부터 불어가지고 어스레해진 하늘에 비춰보았다. 등피는 과민하게도 대뜸 뽀—얗게 흐려지고 만다.

"날이 꽤 차졌군……."

그는 등피를 닦으면서 아직 눈에 익지 않은 정원을 둘러보았다. 이끼 앉은 돌층계 밑에는 발이 묻히게 낙엽이 쌓여 있고 상나무, 전나무 같은 상록수를 빼어놓고는 단풍나무까지 이미 반나마 이울어 어떤 나무는 잎이라고 하나도 없이 설—멍하게 서 있다. '무장해제를 당한 포로들처럼' 하는 생각을 하면서 그런 쓸쓸한 나무들이 이 구석 저 구석에 묵묵히 섰는 것을 그는 등피를 다 닦고도 다시 한참이나 바라보다가야 자기 방으로 정한 바깥채 작은사랑으로 올라갔다.

여기는 그의 어느 친구네 별장이다. 늘 괴벽한 문체를 고집하여 독자를 널리 갖지 못하는 그는 한 달에 이십 원 남짓하면 독방을 차지할 수 있는 학생층의 하숙 생활조차 뜻대로 되지 않았다. 궁여의 일책으로 이렇게 임시로나마 겨우내 그냥 비워두는 친구네 별장 방 하나를 빌린 것이다. 내년 칠월까지는 어느 방이든지 마음대로 쓰라고 해서 정자지기가 방마다 문을 열어 보이는 대로 구경하였으나 모두 여름에나 좋은 북향들이라 너무 음습하고 너무 넓고 문들이 많아서 결국은 바깥채로 나와, 상노들이나 자는 방이라는 작은사랑을 치우게 한 것이다.

 상노들이나 자는 방이라 하나 별장 전체를 그리 손색 있게 하는 방은 아니었다. 동향이어서 여름에는 늦잠을 자지 못할 것이 흠일까, 겨울에는 어느 방보다 밝고 따뜻할 수 있고 미닫이와 들창도 다 갑창까지 들인 데다 벽장문과 두껍닫이에는 유명한 화가인지 아닌지는 몰라도 낙관이 있는 사군자며 기명절지가 붙어있다. 밖으로도 문 위에는 추성각秋聲閣이라 추사체의 현판이 걸려 있고 양쪽 처마 끝에는 파랗게 녹슨 풍경이 창연히 달려 있다. 또 미닫이를 열면 눈 아래 깔리는 경치도 큰사랑만 못한 것 같지 않으니, 산기슭에 나붓이 섰는 수각과 그 밑으로 마른 연잎과 단풍이 잠긴 연당이며 그리고 그 연당 언덕으로 올라오면서 무룡석으로 석가산을 모으고 잔디밭 새에 길을 돌린 것은 이 방에서 내려다보기가 기중일 듯싶었다. 그런 데다 눈을 번뜻 들면 동편하늘이 바다처럼 트이고 그 한편으로 훤칠한 늙은 전나무 한 채가 절벽같이 가려 섰는 것이다. 사슴의 뿔처럼 삭정이가 된 상가지에는 희끗희끗 새똥까지 묻어서 고요히 바라보면 한눈에 태고太古가 깃들이는 듯한 그윽한 경치이다.

오래간만에 켜보는 남폿불이다. 펄럭— 하고 성냥불이 심지에 옮기더니 좁은 등피 속은 자옥하게 연기와 김이 서리었다가 차츰차츰 밝아지는 것이었다. 그렇게 차츰차츰 밝아지는 남폿불에 뼁— 둘러앉았던 옛날 집안 사람들의 얼굴이 생각나게, 그렇게 남폿불은 추억 많은 불이다.

그는 누워 너무나 고요함에 귀를 빼앗기면서 옛사람들의 얼굴을 그려보다가 너무나 가까운 데서 까악— 까악— 하는 까마귀리에 얼른 일어나 문을 열었다. 바깥은 아직 아주 어둡지 않았다. 또 까악— 까악— 하는 소리에 쳐다보니 지나가면서 우는 소리가 아니라 바로 그 전나무 삭정 가지에 시커먼 세 마리가 웅크리고 앉아 그러는 것이었다.

"까마귀!"

까치나 비둘기를 본 것만은 못하였다. 그러나 자연이 준 그의 검음과 그의 탁한 음성을 까닭 없이 저주할 필요는 느끼지 않았다. 마침 정자지기가 올라와서,

"아, 진지는 어떡하십니까?"

하는 말에, 우유하고 빵이나 먹고 밥 생각이 나면 문안 들어가 사먹는다고, 그래도 자기는 괜찮다고 어름어름하고 말막음으로,

"웬 까마귀들이……?"

하고 물었다.

"네, 이 동네 많습니다. 저 나무엔 늘 와 사는걸입쇼."

"그래요? 그럼 내 친구가 되겠군……."

하고 그는 웃었다.

"요 아래 돼지 길르는 데가 있습죠니까. 거기 밥찌께기 같은게 흔하니까 그래 까마귀가 떠나질 않습니다."

하면서 정자지기는 한 걸음 나서 팔매 치는 형용을 하니 까마귀들은 주춤하고 날 듯한 자세를 가지다가 아래를 보더니 도로 앉아서 이번에는 '까르르……' 하고 GA 아래 R이 한없이 붙은 발음을 하는 것이다.

정자지기가 내려간 후, 그는 다시 호젓하니 문을 닫고 아까와 같이 아무렇게나 다리를 뻗고 누워버렸다.

배가 고팠다. 그는 또 그 어느 학자의 수면 습관설이 생각났다. 사람이 밤새도록 그 여러 시간을 자는 것은 불을 발명하기 전에 할 일이 없어 자기만 한 것이 습관으로 전해진 것뿐이요, 꼭 그렇게 여러 시간을 자야만 될 리는 없다는 것이다. 그는 이 수면 습관설에 관련하여 식욕이란 것도 그런 것으로 믿어보고 싶었다. 사람은 하루 꼭꼭 세 번씩 으레 먹어야 될 것처럼 충실히 먹는것이나 이것도 그렇게 많이 먹어야만 되게 되어서가 아니라, 애초에는 수효 적은 사람들이 넓은 자연 속에서 먹을 것이 쉽사리 손에 들어오니까 먹기만 하던 것이 습관으로 전해진 것뿐이요, 꼭 그렇게 세 끼씩이나 계획적으로 먹어야만 될 리는 없을 것 같았다. 그런데, 사람이 잠을 자기 위해서는 그처럼 큰 부담이 있는것은 아니나 먹기 위해서는, 하루 세 번씩 먹는 그 습관을 지키기위해서는 얼마나 큰, 얼마나 무거운 부담이 있는 것인가. 그러기에 살려고 먹는 것이 아니라 먹으려고 산다는 말까지 생긴 것이 아닌가 생각되었다.

'먹으려구 산다! 평생을 먹으려구만 눈이 뻘게 허둥거리다 죽어? 그건 실로 인간의 모욕이다.'

그는 쓴웃음을 지으며 지금 자기의 속이 쓰려 올라오는 것과 입속이 빡빡해지며 눈에는 자꾸 기름진 식탁이 나타나는 것을 한낱 무가치한 습관의 발작으로만 돌려버리려 노력해 보는 것이다.

'어디선지 르나르는 예술가는 빵 한 근보다 꽃 한 송이를 꺾는다고, 그러나 배가 고프면? 하고 제가 묻고는 그러면 그는 괴로워하고 훔치고 혹은 사람을 죽일지도 모른다. 그렇더라도 글쓰기를 버리지는 않을 게라고 했다. 난 배가 고파할 줄 아는 얄미운 습관부터 아예 망각시켜 보리라. 잉크는 새것이 한 병 새벽 우물처럼 충충히 담겨 있것다, 원고지도 두툼한 게 여남은 축 쌓여 있것다!'

그는 우선 그 문 앞으로 살랑살랑 지나다니면서 '쌀값은 오르기만 허구…… 석탄두 들여야겠는데……'를 입버릇처럼 하던 주인마누라의 목소리를 십 리나 떨어져서 은은한 풍경 소리와 짙은 어둠에 함빡 싸인, 이 산장 호젓한 방에서 옛 애인을 만난 듯한 다정스러운 남폿불을 돋우고 글만을 생각하는 데 취할 수 있는 것이 갑자기 몸이 비단에 싸이는 듯, 살이 찔 듯한 행복이었다.

저녁마다 그는 남포에 새 석유를 붓고 등피를 닦고 그리고 까마귀 소리를 들으면서 어둠을 기다리었다. 방 구석구석에서 밤의 신비가 소곤거려 나올 때 살며시 무릎을 꿇고 귀한 손님의 의관처럼 공손히 남포 갓을 들어 올리고 불을 켜는 것이며 펄럭거리던 불방울이 가만히 자리 잡는 것을 보고야 아랫목으로 물러나 그제는 눕든지 앉든지 마음대로 하며 혼자 밤이 깊도록 무얼 읽고 무얼 생각하고 무얼 쓰고 하는 것이다. 그래서 아침이면 늘 늦도록 자곤 하였다. 어떤 날은 큰사랑 뒤에 있는 우물에 올라가 세수를 하고 나면 산 너머로 오정 소리가 울려오기도 했다. 그러다가 이날은 무슨 무서운 꿈을 꾸고 그 서슬에 소스쳐 깨어보니 밤은 벌써 아니었다. 미닫이에는 전나무 가지가 꿩의 장목처럼 비끼었고 쨍쨍한 햇볕은 쏴— 소리가 날 듯 쪼여 있었다. 어수선한 꿈자리를 떨쳐버리는 홀가분한 기분과 여기 나와서는 처음 일찍 깨어보는 호기심에서 그는 머리를 흔들고 미닫이부터 쫙 밀어놓았다. 문턱을 넘어드는 바깥 공기는 체온에 부딪히는 것이 찬물 같았다. 여윈 손으로 눈을 비비며 얼마나 아름다운 아침일까를 내어다보았다. 해는 역광선이어서 부신 눈으로 수각을 더듬고 연당을 더듬고 잔디밭길을 더듬다가 그 실뱀 같은 잔디밭길에서다. 그는 문득 어떤 여자의 그림자 하나를 발견한 것이다.

여태 꿈인가 해서 다시금 눈부터 비비었다. 확실히 여자요, 또 확실히 고요히 섰으되 산 사람이었다. 그는 너무 넓게 열렸던 문을 당황히 닫아버리고 다시 조그만 틈으로 내어다보았다.

여자는 잊어버린 듯 오래도록 햇볕만 쏘이고 서 있다가 어디선지 산새 한 마리가 날아와 가까운 나뭇가지에 앉는 것을 보더니 그제야 사뿐 발을 떼어놓았다. 머리는 틀어 올리었고 저고리는 노르스름한 명주빛인데 고동색 스웨터를, 아이 업듯, 두 소매는 앞으로 늘어뜨리고 등에만 걸치었을 뿐, 꽤 날씬한 허리 아래엔 옥색 치맛자락이 부드러운 물결처럼 가벼운 주름살을 일으켰다. 빨간 단풍잎 하나를 들었을 뿐, 고요한 아침 산보인 듯하다.

'누굴까?'

그는 장정 고운 신간서에처럼 호기심이 일어났다. 가까이 축대 아래로 지나가는 것을 보니 새 양봉투 같은 깨끗한 이마에 눈결은 뉘어 쓴 영어 글씨같이 차근하다. 꼭 다문 입술, 그리고 뾰로통한 콧봉오리에는 여간치 않은 프라이드가 느껴지는 얼굴이었다.

'웬 여잔데?'

이튿날 아침에도 비교적 이르게 잠이 깨었다. 살며시 연당 쪽을 내어다보니 연당 앞에도 잔디밭길에도 아무도 사람이라고는 보이지 않았다. 왜 그런지 붙들었던 새를 날려 보낸 듯 그는 서운하였다.

이날 오후이다. 그는 낙엽을 긁어다가 불을 때고 있었다. 누군지 축대 아래에서 인기척이 났다. 머리를 쓸어 넘기며 내려다보니 어제 아침의 그 여자다. 어제 그 옷, 그 모양, 그 고요함으로 약간 발그레해진 얼굴을 쳐들고 사뭇 아는 사람을 보듯 얼굴을 돌리려 하지 않고 걸음을 멈추고 섰는 것이다. 이쪽은 당황하여 다시 머리를 쓸어 넘기며 일어섰다.

"X선생님 아니세요?"

여자가 거의 자신을 가지고 먼저 묻는다.

"네, XXX입니다."

"……."

여자는 먼저 물어놓고 더 말이 없이 귀밑까

지 발그레해지는 얼굴을 폭 수그렸다. 한참이나 아궁에서 낙엽 타는 소리뿐이었다.

"절 아십니까?"

"……"

여자는 다시 얼굴을 들 뿐 말은 없다가 수줍은 웃음을 머금고 옆에 있는 돌층계를 히뜩히뜩 올라왔다. 이쪽에서는 낙엽 한 무더기를 또 아궁에 쓸어 넣고 손을 털었다.

"문간에 명함 붙이신 걸루 알었에요."

"네……"

"저두 선생님 독자예요. 꽤 충실한……"

"그러십니까? 부끄럽습니다."

그는 손을 비비며 여자의 눈을 보았다. 잦아든 가을 호수와 같이 약간 꺼진 듯한 피곤한 눈이면서도 겨울 별 같은 찬 광채가 일어났다.

"손수 불을 때시나요?"

"네."

"전 이 집 정원을 저이 집처럼 날마다 산보

와요, 아침이문……."

"네! 퍽 넓구 좋은 정원입니다."

"참 좋아요…… 어서 때세요."

"네, 이 동네 계십니까?"

"요 개울 건너예요."

이날은 더 이야기가 나올 새 없이 부끄러움도 미처 걷지 못하고 여자는 돌아가고 말았다.

그는 한참 뒤에 바깥 한길로 나와 개울 건너를 살펴보았다. 거기는 기와집, 초가집 여러 집이 언덕에 층층으로 놓여 있었다. 어느 것이 그 여자가 들어간 집인지 짐작조차 할 수 없었다.

이날 저녁에 정자지기를 만나 물었더니,

"그 여자 병인이올시다."

하였다. 보기에 그리 병색은 아니더라 하니,

"뭐 폐병이라나요. 약 먹느라구 여기 나왔는데 숨이 차 산엔 못 댕기구 우리 정자루만 밤낮 오죠."

하였다.

폐병! 그는 온전한 남의 일 같지 않게 마음이 쓰였다. 그렇게 예모 있고 상냥스러운 대화를 지껄일 수 있는 아름다운 입술이 악마 같은 병균을 발산하리라는 사실은 상상만 하기에도 우울하였다.

그러나 그다음 날부터는 정원에서 그 여자를 만나 인사할 수 있는 것이 즐거웠고, 될 수만 있으면 그를 위로해 주고 그와 더불어 자기의 빈한한 예술을 이야기하고 싶었다. 그래서 그 여자가 자기의 방문 앞으로 왔을 때는 몇 번이나,

"바람이 찹니다."

하여보았다. 그러나 번번이,

"여기가 좋아요."

하고 여자는 툇마루에 걸터앉았고 손수건으로 자주 입과 코를 막기를 잊지 않았다. 하루는,

"글쎄 괜찮으니 좀 들어오십시오."

하고 괜찮다는 말에 힘을 주었더니 여자는 약간 상기가 되면서 그래도 이쪽에 밝히 따지려는 듯이,

"전 전염병 환자예요."

하고 쓸쓸한 웃음을 지었다.

"글쎄 그런 줄 압니다. 괜찮으니 들어오십시오."

하니 그제야 가벼운 감격이 마음속에 파동치는 듯, 잠깐 멀―리 하늘가에 눈을 던지었다가 살며시 들어왔다. 황혼이었다. 동향방의 황혼이라 말할 때의 그 여자의 맑은 눈 속과 흰 잇속만이 별로 또렷또렷 빛이 났다.

"저처럼 죽음에 대면해 있는 처녀를 작품 속에서 생각해 보신적 계세요, 선생님?"

"없습니다! 그리구 그만 정도에 왜 죽음을 생각하십니까?"

"그래두 자꾸 생각하게 되어요."

하고 여자는 보일 듯 말 듯한 웃음으로 천장을 쳐다보았다. 한참 침묵 뒤에,

"전 병을 퍽 행복스럽다 했어요. 처음엔……."

하고 또 가벼이 웃었다.

"……"

"모두 날 위해주구 친구들이 꽃을 가지구 찾어와 주구, 그리구 건강했을 때보다 여간 희망이 많지 않어요. 인제 병이 나으면 누구헌테 제일 먼저 편지를 쓰겠다, 누구헌테 전에 잘못한 걸 사과하리라 참 벨벨 희망이 다 끓어올랐에요…… 병든 걸 참 감사했에요. 그땐……."

"지금은요?"

"무서워졌에요. 죽음두 첨에는 퍽 아름다운 걸루 알었드랬에요. 언제든지 살다 귀찮으면 꽃밭에 뛰어들듯 언제나 아름다운 죽음에 뛰어들 수 있는 걸 기뻐했에요. 그런데 이렇게 닥들이고 보니 겁이 자꾸 나요. 꿈을 꿔

두……."

하는데 까악— 까악— 하는 소리가 바로 그 전나무 삭정 가지에서인 듯, 언제나 똑같은 거리에서 울려왔다.

"여기 나와선 까마귀가 내 친굽니다."

하고 그는 억지로 그 불길스러운 소리를 웃음으로 덮어버리려 하였다.

"선생님은 친구라구꺼정! 전 이 동네가 모두 좋은데 저게 싫어요. 죽음을 잊어버리면 안 된다구 자꾸 깨쳐주는 것 같아요."

"건 괜한 관념인 줄 압니다. 흰 새가 있듯 검은 새도 있는 거요. 소리 맑은 새가 있듯 소리 탁한 새도 있는 거죠. 취미에 따라 까마귀도 사랑할 수 있는 샌 줄 압니다."

"건 죽음을 아직 남의 걸로만 아는 건강한 사람들의 두개골을 사랑하는 것 같은 악취미겠지요. 지금 저헌텐 무서운 짐생이에요. 무슨 음모를 가지구 복면허구 내 뒤를 쫓아다니는 무슨 음흉한 사내같이 소름이 끼쳐요. 아마 내가 죽으면 저 새가 덥석 날러와 앞을 설 것만 같이……."

"……"

"죽음이 아름답게 생각될 때 죽는 것처럼 행복은 없을 것 같아요."

하고 여자는 너무 길게 지껄였다는 듯이 수건으로 입을 코까지 싸서 막고 멀―거니 어두워 들어오는 미닫이를 바라보았다.

이 병든 처녀가 처음으로 방에 들어와 얼마 안 되는 이야기를 그의 체온과 그의 병균과 함께 남기고 간 날 밤, 그는 몹시 우울하였다.

'무슨 말을 하여야 그 여자를 위로할 수 있을까?'

'과연 그 여자의 병은 구할 수 없는 것일까?'

'어떻게 하면 그 여자에게 죽음이 다시 한

번 꽃밭으로 보일 수 있을까?'

그는 비스듬히 벽에 기대어 이것을 생각하다가 머릿속에서 무엇이 버스럭거리는 소리를 들었다. 가만히 이마에 손을 대니 그것은 벽장 속에서 나는 소리였다. 그는 벽장을 열고 두어 마리의 쥐를 쫓고 나무때기처럼 굳은 빵 한 쪽을 꺼내었다. 그리고 한 손으로는 뒷산에서 주워온 그 환약과 같이 동그라면서도 가랑잎처럼 무게가 없는 토끼의 배설물을 집어 보면서 요즘은 자기의 것도 그렇게 담박한 것이 틀리지 않을 것을 미소하였다. '사람에게서도 풀내가 나야 한다'한 철인 소로의 말이 생각났으며, 사람도 사는 날까지 극히 겸손한 곤충처럼 맑은 이슬과 향기로운 풀잎으로만 만족하지 못하는 것을, 그 운명이 슬픈 생각도 났다.

'무슨 말을 하여주면 그 여자에게 새 희망이 생길까?'

그는 다시 이런 궁리에 잠기었고 그랬다가

문득,

'내가 사랑하리라!'

하는 정열에 부딪히었다.

'확실히 그 여자는 애인을 갖지 못했을 거다. 누가 그 벌레 먹는 가슴에 사랑을 묻었을 거냐.'

그는 그 여자의 앉았던 자리에 두 손길을 깔아보았다. 싸―늘한 장판의 감촉일 뿐 체온은 날아간 지 오래였다.

'슬픈 아가씨여, 죽더라도 나를 사랑하면서 죽어다오! 애인이 없이 죽는 것은 애인을 남기고 죽기보다 더욱 슬플 것이다…… 오래전부터 병균과 싸워온 그대에겐 확실히 애인이 있을 수 없을 게다.'

그는 문풍지 떠는 소리에 덧문을 닫고 남포의 불을 낮추고 포의 슬픈 시 〈레이븐〉을 생각하면서,

"레노어? 레노어?"

하고 포가 그의 애인의 망령을 불렀듯이 슬픈 음성을 소리쳐 보기도 하였다. 그 덮을 것도 없이 애인의 헌 외투 자락에 싸여서, 그러나 행복스럽게 임종하였을 레노어의 가엾고 또 아름다운 시체는, 생각하여 보면 포의 정열 이상으로 포근히 끌어안아 보고 싶은 충동도 일어났다. 포가 외로운 서재에 앉아 밤 깊도록 옛 책을 상고할 때 폭풍은 와 문을 열어 젖뜨렸고 검은 숲속에서는 보이지도 않는 까마귀가 울면서 머리 풀어 헤친 아름다운 레노어의 망령이 스르르 방 안 한구석에 들어서곤 하였다.

'오오! 나의 레노어! 너는 아직 확실히 애인을 갖지 못했을 거다. 내가 너를 사랑해 주며 내가 너의 주검을 지키는 슬픈 애인이 되어 주마.'

그는 밤이 너무나 긴 것을 탄식하며 어서 날이 밝기를 기다리었다.

그러나 밝는 날 아침의 하늘은 너무나 두

껍게 흐려 있었고 거친 바람은 구석구석에서 몰려 나오며 눈발조차 희끗희끗 날리었다. 온실 속에서나 갸웃이 내어다보는 한 송이 온대 지방 꽃처럼, 그렇게 가냘픈 그 처녀의 얼굴이 도저히 나타나기를 바랄 수 없는 날씨였다.

'오, 가엾은 아가씨! 너는 이렇게 흐린 날, 어두운 방 속에 누워 애인이 없이 죽을 것을 슬퍼하리라! 나의 가엾은 레노어!'

사흘이나 눈이 오고 또 사흘이나 눈보라가 치고 다시 며칠 흐리었다가 눈이 오고 그리고 날이 들고 따뜻해졌다. 처마 끝에서 눈 녹은 물이 비 오듯 하는 날 오후인데 가엾은 아가씨가 나타났다. 더 창백해진 얼굴에는 상장(喪章) 같은 마스크를 입에 대었고 방에 들어와서는 눈꺼풀이 무거운 듯 자주 눈을 감았다 뜨면서,

"그간 두어 번이나 몹시 각혈을 했어요."

하였다.

"그러나……"

"의사는 기관에서 터진 피래지만, 전 가슴에서 나온 줄 모르지 않어요."

"그래두 의사가 더 잘 알지 않겠어요?"

"의사가 절 속여요. 의사만 아니라 사람들이 다 날 속이려구만 들어요. 돌아서서 뻔―히 내가 죽을 걸 이야기허다가두 나보군 아닌 체들 해요. 그래서 벌써부터 난 딴 세상 사람처럼 따돌리는 게 저는 슬퍼요. 죽음이 그렇게 외로운 거란 걸 날 죽기 전부터 맛보게들 해요."

아가씨의 말소리는 떨리었다.

"그래두…… 만일 지금이라두, 만일…… 진정으루 사랑하는 사람이 있다면 그 사람의 말만은 곧이들으시겠습니까?"

"……."

눈을 고요히 감고 뜨지 않았다.

"앓으시는 병을 조곰도 싫어하지 않고 정말 운명을 같이 따라하려는 사람만 있다면?"

"그럼 그건 아마 사람이 아니겠지요. 저헌테 사랑하는 사람이 있긴 있어요…… 절 열렬히 사랑해 주어요. 요즘 자주 저헌테 와요."

"……"

"그는 정말 날 사랑하는 표루 내가 이런, 모두 싫어허는 병이 걸린 걸 자기만은 싫어허지 않는단 표루 하로는 내 가슴에서 나온 피를 반 컵이나 되는 걸 먹기까지 한 사람이야요. 그렇지만 그게 내게 위로가 되는 줄 아세요?"

"……"

그는 우울할 뿐이었다.

"내 피까지 먹구 나허구 그렇게 가깝게 해두 그는 저대로 건강하구 저대루 살아가야 할 준비를 하니까요. 머리가 조흐면 이발소에 가고, 신이 해지면 새 구둘 맞추구, 날마다 대학 도서관에 다니면서 학위 받을 연구만 하구 있어요. 그러니 얼마나 저허군 길이 달러요? 전 머릿속에 상여, 무덤 그런 생각뿐인데……"

"왜 그런 생각만 자꾸 하십니까?"

"사람끼린 동정하구퍼두 동정이 안 되는 거 같애요."

"왜요?"

"병자에겐 같은 병자가 되는 것 아니곤 동정이 못 될 겁니다. 그런데 어떻게 맘대루 같은 병자가 되며 같은 정도로 앓다, 같은 시각에 죽습니까? 뻔—히 죽을 사람을 말로만 괜찮다, 괜찮다 하구 속이는 건 이쪽을 더 빨리 외롭게만 만드는 거예요."

"어떤 상여를 생각하십니까?"

그는 대담하게 이런 것을 물어주었다. 그렇게 하는 것이 그 아가씨의 세계에 접근하는 것이 될까 하였다.

"조선 상여는 참 타기 싫어요. 요즘 금칠 막한 자동차두 보기두 싫어요. 하—얀 말 여럿이 끌구 가는 하—얀 마차가 있다면…… 하구 공상해 봤어요. 그리구 무덤두 조선 무덤들은 참 암만해두 정이 가질 않어요. 서양엔 묘지가 공원처럼 아름답다는데 조선 산수들이야 어디 누구의 영―원한 주택이란 그런 감정이나요? 곁에 둘 수 없으니 흙으로 덮구 그냥 두면 비에 패니까 잔디를 심는 것뿐이지 꽃 한 송이 심을 데나 꽃을 데가 있어요? 조선 사람처럼 죽는 사람의 감정을 안 생각해 주는 사람들은 없는것 같아요. 괜―히 그 듣기 싫은 목소리루 울기만 허고 까마귀나 들게 떡 쪼가리나 갖다 어질러놓구……."

"……."

"선생님은 왜 이렇게 외롭게 사세요?"

그는 아무 대답도 하지 않았다. 그 여자에게 애인이 없으리라 단정한 자기의 어리석음을 마음 아프게 비웃었고 저렇게 절망에 극하여 세상 욕심이라고는 털끝만치도 없는 거룩한 여자를 애인으로 가진 그 젊은 학도가 몹시 부러운 생각뿐이었다.

날은 이미 황혼에 가까웠다. 연당 아래 전나무 꼭대기에서는 아직, 그 탁한 소리로 울지는 않으나 그 우악스러운 주둥이로 그 검은 새들이 삭정이를 쪼는 소리가 딱— 딱— 울려왔다.

"까마귀가 온 게지요?"

"그렇게 그게 싫으십니까?"

"싫어요. 그것 배 속엔 아마 별별 구신 딱지가 다 든 것처럼 무서워요. 한번은 꿈을 꾸었는데 까마귀 배 속에 무슨 부적이 들구 칼이 들구 시퍼런 불이 들구 한 걸 봤어요. 웃지 마세요. 상식은절 떠난 지 벌써 오래요……"

"허허……"

그러나 그는 웃고, 속으로 이제 까마귀를 한 마리 잡으리라 하였다. 그 배를 갈라서 그 속에는 다른 새나 조금도 다를 것이 없는 내장뿐인 것을 보여주리라. 그래서 그 상식을 잃은 여자의 가마귀에 대한 공포심을 근절시키고,

그래서 죽음에 대한 공포심까지도 좀 덜게 해주리라 마음먹었다.

    그는 이 아가씨가 간 뒤에 그길로 뒷산에 올라 물푸레나무를 베다가 큰 활을 하나 메었다. 꼿꼿한 싸리로 살을 만들고 끝에다는 큰 못을 갈아 촉을 박고 여러 번 겨냥을 연습하여 보고 까마귀를 창문 가까이 유혹하였다. 눈 위에 여기저기 콩을 뿌리었더니 그들은 마침내 좌우를 의뭉스러운 눈으로 두리번거리면서도 내려와 그것을 쪼았다. 먼 데 것이 없어지는 대로 그들은 곧 날 듯 날 듯이 어깨를 곤두세우면서도 차츰차츰 방문 가까이 놓인 것을 쪼며 들어왔다. 방 안에서는 숨을 죽이고 조그만 문구멍에 살촉을 얹고 가장 가까이 들어온 놈의 옆구리를 겨냥하여 기운껏 활을 당겨가지고 쏘아버렸다.
    푸드득하더니 날기는 다 날았으나 한 놈이

죽지에 살이 박힌채 이내 그 자리에 떨어졌고 다른 놈들은 까악까악거리면서 전나무 꼭대기로 올라갔다. 그는 황망히 신을 끌며 떨어진 놈을 쫓아 들어가 발로 덮치려 하였다. 그러나 까마귀는 어느 틈에 그의 발밑에 들지 않고 훌쩍 몸을 솟구어 그 찬란한 핏방울을 눈 위에 흩뿌리며 두 다리와 한 날개로 반은 날고 반은 뛰면서 잔디밭 쪽으로 덥풀덥풀 달아났다. 이쪽에서도 숨차게 뛰어 다우쳤다. 보기에 악한과 같은 짐승이었지만 그도 한낱 새였다. 공중을 잃어버린 그에겐 이내 막다른 골목이 나왔다. 화살이 그냥 박힌 채 연당으로 내려가는 도랑창에 거꾸로 박히더니 쌕— 쌕— 하면서 불덩어리인지 핏방울인지 모를 두 눈을 뒤집어쓰고 집게 같은 입을 딱딱 벌리며 대가리를 곤추들었다. 그리고 머리 위에서는 다른 놈들이 전나무에서 내려와 까악거리며 저희 가족을 기어이 구하려는 듯이 낮게 떠돌며 덤비었다.

그는 슬그머니 겁이 나기도 했으나 뭉어리 돌을 집어 공중엣 놈들을 위협하며 도랑에서 다시 덥풀 올려 솟는 놈을 쫓아 들어가 곧은 발길로 멱투시를 차 내던지었다. 화살은 빠져 떨어지고 까마귀만 대여섯 칸 밖에 나가떨어지며 킥— 하고 뻐들적거렸다. 다시 쫓아가 발길을 들었으나 그때는 벌써 까마귀는 적을 볼 줄도 모르고 덮어 누르는 죽음과 싸울 뿐이었다. 그는 두근거리는 가슴으로 이 검은 새의 죽음의 고민을 내려다보며 그 병든 처녀의 임종을 상상해 보았다. 슬픈 일이었다. 그는 이내 자기 방으로 돌아왔고 나중에 정자지기를 시켜 그 죽은 까마귀를 목을 매어 어느 나뭇가지에 걸게 하였다. 그리고 어서 그 아가씨가 나타나면 곧 훌륭한 외과의나처럼 그 검은 시체를 해부하여 까마귀의 배 속에도 다른 날짐승과 똑같이 단순한 조류의 내장이 있을 뿐, 결코 그런 무슨 부적이거나 칼이거나 푸른 불이 들어 있지 않다는 것을 증명하리라 하였다.

 그러나 날씨는 추워가기만 하고 열흘에 한 번도 따뜻한 해가 비치지 않았다. 달포가 지나도록 그 아가씨는 나타나지 않았다. 날씨는 다시 풀어져 연당에 눈이 녹고 단풍나무 가지에 걸린 까마귀의 시체도 해부하기 알맞게 녹았지만 그 아가씨는 나타나지 않았다.

 하루는 다시 추워져 싸락눈이 사륵사륵 길에 떨어져 구르는 날 오후이다. 그는 어느 잡지사에 들어가 곤작 한 편을 팔아가지고 약간의 식료를 사 들고 다 나온 길인데 개울 건너 넓은 마당에는 두어 대의 검은 자동차와 함께 금빛 영구차 한 대가 놓여있는 것이다.

 그는 가슴이 섬뜩하였다. 별장 쪽을 올려다보니 전나무 꼭대기에서는 진작부터 서너 마리의 까마귀가 이 광경을 내려다보며 쭈그리고 앉아 있었다.

'그 여자가 죽은 거나 아닌가?'

영구차 안에는 이미 검은 포장에 덮인 관이 실려 있었다. 둘러섰는 동네 사람 속에서 정자지기가 나타나더니 가까이 와 일러주었다.

"우리 정자루 늘 오던 색씨가 갔답니다."

"……."

그는 고요히 영구차를 향하여 모자를 벗었다.

"저 뒤에 자동차에 지금 오르는 사람이 그 색씨하구 정혼했던 남자랍니다."

그는 잠자코 그 대학 도서실에 다니며 학위 얻을 연구를 한다는 청년을 바라보았다. 그 청년은 자동차 안에 들어앉아, 이내 하—얀 손수건을 내어 얼굴에 대었다. 그러자 자동차들은 영구차가 앞을 서며 고요히 굴러 떠나갔다. 눈은 함박눈이 되면서 펑펑 쏟아지기 시작하였다. 그 자동차들이 굴러간 자리도 얼마 안있어 덮어버리고 말았다.

까마귀들은 이날 저녁에도 별다른 소리는 없이 그저 까악— 까악—거리다가 이따금씩 까르르— 하고 그 GA 아래 R이 한없이 붙은 발음을 내곤 하였다.

해방 전후

―한 작가의 수기

 호출장이란 것이 너무 자극적이어서 시달서라 이름을 바꾸었다고는 하나, 무슨 이름의 쪽지이든, 그 긴치 않은 심부름이란 듯이 파출소 순사가 거만하게 던지고 간, 본서에의 출두명령은 한결같이 불쾌한 것이었다. 현 자신보다도 먼저 얼굴빛이 달라지는 아내에게는 으레 건으로 심상한 체하면서도 속으로는 정도 이상 불안스러워 오라는 것이 내일 아침이지만 이 길로 가 진작 때우고 싶은 것이, 그래서 이날은 아무 일도 손에 잡히지 않고, 밥맛이 없고, 설치는 밤잠에 꿈자리조차 뒤숭숭한 것이 소심한 편인 현으로는 '호출장' 때나 '시달서' 때나 마찬가지곤 했다.

현은 무슨 사상가도, 주의자도, 무슨 전과자도 아니었다. 시골 청년들이 어떤 사건으로 잡히어서 가택 수색을 당할 때, 그의 저서가 한두 가지 나온다든지, 편지 왕래한 것이 한두 장 불거진다든지, 서울 가서 누구를 만나보았느냐는 심문에 현의 이름이 끌려든다든지 해서, 청년들에게 제법 무슨 사상 지도나 하고 있지 않나 하는 혐의로 가끔 오너라 가너라 하기 시작한 것이 인젠 저들의 수첩에 준요시찰인 정도로는 오른 모양인데, 구금을 할 정도라면 당장 데려갈 것이지 호출장이니 시달서니가 아닐 것은 짐작하면서도 번번이 불안스러웠고 더욱 이번에는 은근히 마음 쓰이는 것이 없지도 않았다. 일반지원병제도와 학생특별지

원병제도 때문에 뜻 아닌 죽음이기보다, 뜻 아닌 살인, 살인이라도 내 민족에게 유일한 희망을 주고 있는 중국이나 영미나 소련의 우군을 죽여야 하는 그리고 내 몸이 죽되 원수 일본을 위하는 죽음이 되어야 하는, 이 모순된 번민으로 행여나 무슨 해결을 얻을까 해서 더듬고 더듬다가는 한낱 소설가인 현을 찾아와 준 청년도 한둘이 아니었다. 현은 하루 이틀 동안에 극도의 신경 쇠약이 된 청년도 보았고 다녀간 지 한 주일 뒤에 자살하는 유서를 보내 온 청년도 있었다. 이런 심각한 민족의 번민을 현은 제 몸만이 학병 자신이 아니라 해서 혼자 뒷날을 사려해 가며 같은 불행한 형제로서의 울분을 절제할 수는 없었다. 때로는 전혀 초면들이라 저 사람이 내 속을 떠보려는 밀정이나 아닌가 의심하면서도, 그런 의심부터가 용서될 수 없다는 자책으로 현은 아무리 낯선 청년에게라도 일러주고 싶은 말은 한마디도 굽히거나 남긴 적이 없는 흥분이곤 했다. 그들을 보내고 고요한 서재에서 아직도 상기된 현의 얼굴은 그예 무슨 일을 저지르고 만 불안이었고 이왕 불안일 바엔, 이왕 저지르는 바엔 이 한 걸음 한 걸음 절박해 오는 민족의 최후에 있어 좀 더 보람 있는 저지름을 하고 싶은 충동도 없지 않았으나 그 자신 아무런 준비도 없었고 너무나 오랜 동안 굳어버린 성격의 껍데기는 여간 힘으로는 제 자신이 깨트리고 솟아날 수가 없었다. 그의 최근작인 어느 단편 끝에서,

"한 사조의 밑에 잠겨 사는 것도 한 물 밑에 사는 넋일 것이다. 상전벽해라 일러는 오나 모든 게 따로 대세의 운행이 있을 뿐 처음부터 자갈을 날라 메우듯 할 수는 없을 것이다."

라고 한 구절을 되뇌면서 자기를 헐가로 규정해 버리는 쓴웃음을 지을 뿐이었다.

"당신은 메칠 안 남았다고 하지만 특공댄지 정신댄지 고 악지 센 것들이 끝까지 일인일

함一人一艦으로 뻐틴다면 아무리 물자 많은 미국이라도 일본 병정 수효만치야 군함을 만들 수 없을 거요. 일본이 망하기란 하늘에 별 따기 같은 걸 기다리나 보오!"

현의 아내는 이날도 보송보송해 잠들지 못하는 남편더러 집을 팔고 시골로 가자 하였다. 시골 중에도 관청에서 동뜬 두메로 들어가 자농이라도 하면서 하루라도 마음 편하고 배불리 살다 죽자 하였다. 그런 생각은 아내가 꼬드기기 전에 현도 미리부터 궁리하던 것이나, 지금 외국으로는 나갈 수 없고 어디고 일본 하늘 밑인 바에야 그야말로 민불견리民不見吏, 야불구폐夜不狗吠의 요순 때 농촌이 어느 구석에 남아 있을 것인가? 그런 도원경이 없다 해서 언제까지나 서울서 견딜 수 있느냐 하면 그런 것도 아니고 소위 시국물이나 일문日文에의 전향이라면 차라리 붓을 꺾어버리려는 현으로는 이미 생계에 꿀리는 지 오래며 앞으로 쳐다볼 것은 집밖에 없는데 집을 건드릴 바에는 곶감 꼬치로 없애기보다 시골로 가 다만 몇 마지기라도 땅을 잡아야 한다는 것이 상책이긴 하다. 그러나 성격의 껍데기를 깨치기처럼 생활의 껍데기를 갈아본다는 것도 그리 쉬운 일이 아니었다.

"좀 더 정세를 봅시다."

이것이 가족들에게 무능하다는 공격을 일 년이나 두고 받아오는 현의 태도였다.

동대문서 고등계의 현의 담임인 쓰루다 형사는 과히 인상이 험한 사나이는 아니다. 저희 주임만 없으면 먼저 조선말로 '별일은 없습니다만 또 오시래 미안합니다'쯤 인사도 하곤 하는데 이날은 뒷박이마에 옴팡눈인 주임이 딱 뻗치고 앉아 있어 쓰루다까지도 현의 한참씩이나 수그리는 인사는 본 체 안 하고 눈짓으로 옆에 놓인 의자만 가리키었다.

현은 모자가 아직 그들과 같은 국방모 아님을 민망히 주무르면서 단정히 앉았다. 형사는 무엇 쓰던 것을 한참 만에야 끝내더니 요즘 무엇을 하느냐 물었다. 별로 하는 일이 없노라 하니 무엇을 할 작정이냐 따진다. '글쎄요' 하고 없는 정을 있는 듯이 웃어 보이니 그는 힐긋 저의 주임을 돌아보았다. 주임은 무엇인지 서류에 도장 찍기에 골독해 있다. 형사는 그제야 무슨 뚜껑 있는 서류를 끄집어내어 뚜껑으로 가리고 저만 들여다보면서 이렇게 물었다.

"시국을 위해 왜 아무것도 안 하십니까?"

"나 같은 사람이 무슨 힘이 있습니까?"

"그러지 말구 뭘 좀 허십시오. 사실인즉 도경찰부에서 현 선생 같으신 몇 분에게 시국에 협력하는 무슨 일 한 것이 있는가? 또 하면서 있는가? 장차 어떤 방면으로 시국 협력에 가능성이 있는가? 생활비가 어디서 나오는가? 이런 걸 조사해 올리란 긴급 지시가 온 겁니다."

"글쎄올시다."

하고 현은 더욱 민망해 쓰루다의 얼굴만 쳐다보는 수밖에 없었다.

"그래두 뭘 허신다구 보고가 돼야 좋을걸요? 그 허기 쉬운 창씬 왜 안 허시나요?"

수속이 힘들어 못 하는 줄로 딱해하는 쓰루다에게 현은 역시 이것에 관해서도 대답할 말이 없었다.

"우리 따위 하층 경관이야 뭘 알겠습니까만, 인전 누구 한 사람 방관적 태도는 용서되지 않을 겁니다."

"잘 보신 말씀입니다."

현은 우선 이번의 호출도 그 강압 관념에서 불안해하던 구금이 아닌 것만 다행히 알면서 우물쭈물하던 끝에,

"그렇지 않아도 쉬 뭘 한 가지 해보려던 참입니다. 좋도록 보고해 주십시오."

하고 물러 나왔고, 나오는 길로 그는 어느 출판사로 갔다. 그 출판사의 주문이기보다 그곳 주간을 통해 나온 경무국의 지시라는, 그뿐만 아니라 문인 시국강연회 때 혼자 조선말로 했고 그나 마지못해《춘향전》한 구절만 읽은 것이 군에서 말썽이 되니 이것으로라도 얼른 한 가지 성의를 보여야 좋으리라는 대동아 전기의 번역을 현은 더 망설이지 못하고 맡은 것이다.

심란한 남편의 심정을 동정해 아내는 어느 날보다도 정성 들여 깨끗이 치운 서재에 일본 신문의 기리누끼를 한 뭉텅이 쏟아놓을 때, 현은 일찍 자기 서재에서 이처럼 지저분함을 느껴본 적이 없었다.

'철 알기 시작하면서부터 굴욕만으로 살아온 인생 사십, 사랑의 열락도 청춘의 영광도 예술의 명예도 우리에겐 없었다. 일본의 패전기라면 몰라 일본에 유리한 전기를 내 손으로 주

무르는 건 무엇 때문인가?'

현은 정말 살고 싶었다. 살고 싶다기보다 살아 견디어내고 싶었다. 조국의 적일 뿐 아니라 인류의 적이요 문화의 적인 나치스의 타도를 오직 사회주의에 기대하던 독일의 한 시인은 모로토프가 히틀러와 악수를 하고 독소중립조약이 성립되는 것을 보고는 그만 단순한 생각에 절망하고 자살하였다 한다.

'그 시인의 판단은 경솔하였던 것이다. 지금 독소는 싸우며 있지 않은가? 미·영·중도 일본과 싸우며 있다. 연합군의 승리를 믿자! 정의와 역사의 법칙을 믿자! 정의와 역사의 법칙이 인류를 배반한다면 그때는 절망하여도 늦지 않을 것이다!'

현은 집을 팔지는 않았다. 구라파에서 제이 전선이 아직 전개되지 않았고 태평양에서 일본군이 아직 라바울을 지킨다고는 하나 멀어야 이삼 년이겠지 하는 심산으로 집을 최대한도로 잡혀만 가지고 서울을 떠난 것이다. 그곳 공의(公醫)를 아는 것이 반연으로 강원도 어느 산읍이었다. 철도에서 팔십 리를 버스로 들어오는 곳이요, 예전엔 현감이 있던 곳이나 지금은 면소와 주재소뿐의 한적한 구읍이다. 어느 시골서나 공의는 관리들과 무관하니 무엇보다 그 덕으로 징용이나 면할까 함이요, 다음으로 잡곡의 소산지니 식량 해결을 위해서요 그러고는 가까이 임진강 상류가 있어 낚시질로 세월을 기다릴 수 있음도 현이 그곳을 택한 이유의 하나였다.

그러나 와서 실정에 부딪쳐 보니 이 세 가지는 하나도 탐탁한 것은 아니었다. 면사무소엔 상장이 십여 개나 걸려 있는 모범 면장으로 나라에선 상을 타 백성에겐 그만치 원망을 사는 이 시대의 모순을 이 면장이라고 예외일 리 없어 성미가 강직해 바른말을 잘 쏘는 공의와는 사이가 일찍부터 틀린 데다가, 공의는 육 개월이나 장기간 강습으로 이내 서울 가버리고 말았으니 징용 면할 길이 보장되지 못했고 그 외에 아는 사람이라고는 공의의 소개로 처음 지면 향교 직원으로 있는 분인데 일 년에 단 두 번 춘추 제향 때나 고을 사람들의 기억에서 살아나는 '김 직원님'으로는 친구네 양식은커녕 자기 식구 때문에도 손이 흰, 현실적으로는 현이나 마찬가지의, 아직도 상투가 있는 구식 노인인 선비였다.

낚시터도 처음 와볼 때는 지척 같더니 자주 다니기엔 거의 십 리나 되는 고달픈 길일 뿐 아니라 하필 주재소 앞을 지나야 나가게 되었고 부장님이나 순사 나리의 눈을 피하려면 길도 없는 산등성이 하나를 넘어야 되는데 하루는 우편국 모퉁이에서 넌지시 살펴보니 가네무라라는 조선 순사가 눈에 띄었다. 현은 낚시 도구부터 질겁을 해 뒤로 감추며 한 걸음 물러서 바라보니 촌사람들이 무슨 나무껍질 벗겨 온 것을 면서기들과 함께 점검하는 모양이다. 웃통은 속옷 바람이나 다리는 각반을 치고 칼을 차고 회초리를 들고 이 사람 저 사람에게 거드름을 부리고 있었다. 날래 끝날 것 같지 않아 현은 이번도 다시 돌아서 뒷산등을 넘기로 하였다.

    길도 없는 가닥 숲을 젖히며 비 뒤의 미끄러운 비탈을 한참이나 헤매어서 비로소 펑퍼짐한 중턱에 올라설 때다. 멀지 않은 시야에 곰처럼 시커먼 것이 우뚝 마주 서는 것은 순사 부장이다. 현은 산짐승에게보다 더 놀라 들었던 두 손의 낚시 도구를 이번에는 펄썩 놓아버리었다.

    "당신 어데 가오?"

    현의 눈에 부장은 눈까지 부릅뜨는 것으로 보였다.

    "네, 바람 좀 쏘이러요."

그제야 현은 대팻밥모자를 벗으며 인사를 하였으나 부장은 이미 딴 쪽을 바라보는 때였다. 부장이 바라보는 쪽에는 면장도 서 있었고 자세 보니 남향하여 큰 정구 코트만치 장방형으로 새끼줄이 치어져 있는데 부장과 면장의 대화로 보아 신사터를 잡는 눈치였다. 현은 말뚝처럼 우뚝이 섰을 뿐 어찌해야 좋을지 몰랐다. 놓아버린 낚시 도구를 집어 올릴 용기도 없거니와 집어 올린 댔자 새끼줄을 두 번이나 넘으면서 신사터를 지나갈 용기는 더욱 없었다. 게다가 부장도 면장도 무어라고 쑤군거리며 가끔 현을 돌아다본다. 꽃이라도 있으면 한 가지 꺾어 드는 체하겠는데 패랭이꽃 한 송이 눈에 띄지 않는다. 얼마 만에야 부장과 면장이 일시에 딴 쪽을 향하는 틈을 타서 수갑에 채였던 것 같던 현의 손은 날쌔게 그 시국에 태만한 증거물들을 집어 들고 허둥지둥 그만 집으로 내려오고 만 것이다.

"아버지 왜 낚시질 안 가구 도루 오슈?"

현은 아이들에게 대답할 말이 미처 생각나지도 않았거니와 그보다 먼저 현의 뒤를 따라온 듯한 이웃집 아이 한 녀석이,

"너이 아버지 부장헌테 들켜서 도루 온단다."

하는 것이었다.

낚시질을 못 가는 날은 현은 책을 보거나 그렇지 않으면 김 직원을 찾아갔고 김 직원도 현이 강에 나가지 않았음 직한 날은 으레 찾아왔다. 상종한다기보다 모시어 볼수록 깨끗한 노인이요, 이 고을에선 엄연히 존경을 받아야 옳을 유일한 인격자요 지사였다. 현은 가끔 기인여옥이란 이런 이를 가리킴이라 느끼었다. 기미년 삼일운동 때 감옥살이로 서울에 끌려왔었을 뿐 조선이 망한 이후 한 번도 자의로는 총독부가 생긴 서울엔 오기를 피한 이다. 창씨

를 안 하고 견디는 것은 물론, 감옥에서 나오는 날부터 다시 상투요 갓이었다. 현과는 워낙 수십 년 연장인 데다 현이 한문이 부치어 그분이 지은 시를 알지 못하고, 그분이 신문학에 무관심하여 현대문학을 논담하지 못하는 것엔 서로 유감일 뿐, 불행한 족속으로서 억천 암흑 속에 일루의 광명을 향해 남몰래 더듬는 그 간곡한 심정의 촉수만은 말하지 않아도 서로 굳게 잡히고도 남아 한두 번 만남으로 서로 간담을 비추는 사이가 되었다.

하루저녁은 주름 잡히었으나 정채 돋는 두 눈에 눈물이 마르지 않은 채 찾아왔다. 현은 아끼는 촛불을 켜고 맞았다.

"내 오늘 다 큰 조카자식을 행길에서 매질을 했소."

김 직원은 그저 손이 부들부들 떨려 있었다. 조카 하나가 면서기로 다니는데 그의 매부, 즉 이분의 조카사위 되는 청년이 일본으로 징용당해 가던 도중에 도망해 왔다. 몸을 피해 처가에 온 것을 이곳 면장이 알고 그 처남더러 잡아 오라 했다. 이 기미를 안 매부 청년은 산으로 뛰어 올라갔다. 처남 청년은 경방단의 응원을 얻어 산을 에워싸고 토끼 잡듯 붙들어다 주재소로 넘기었다는 것이다.

"강박한 처남이로군!"

현도 탄식하였다.

"잡아 오지 못하면 네가 대신 가야 한다고 다짐을 받았답디다만 대신 가기루서 제 집으로 피해 온 명색이 매부 녀석을 경방단들을 끌구 올라가 돌풀매질을 하면서꺼정 붙들어다 함정에 넣어야 옳소? 지금 젊은 놈들은 쓸개가 없습넨다!"

"그러니 지금 세상에 부모기로니 그걸 어떻게 공공연히 책망하십니까?"

"분해 견딜 수가 있소! 면소서 나오는 놈을 노상이면 어떻소. 잠자코 한참 대설대가 끊어져 나가도록 패주었지요. 맞는 제 놈도 까닭을 알 게고 보는 사람들도 아는 놈은 알았겠지만 알면 대사요."

이날은 현도 우울한 일이 있었다. 서울 문인보국회에서 문인궐기대회가 있으니 올라오라는 전보가 온 것이다. 현에게는 엽서 한 장이 와도 먼저 알고 있는 주재소에서 장문전보가 온 것을 모를 리 없고 일본 제국의 흥망이 절박한 이때 문인들의 궐기대회에 밤낮 낚시질만 다니는 이자가 응하느냐 안 응하느냐는 주재소뿐 아니라 일본인이요 방공 감시초장인 우편국장까지도 흥미를 가진 듯, 현의 딸아이가 저녁 때 편지 부치러 나갔더니, 너희 아버지 내일 서울 가느냐 묻더라는 것이다.

김 직원은 처음엔 현더러 문인궐기대회에 가지 말라 하였다. 가지 말라는 말을 들으니 현은 가지 않기가 도리어 겁이 났다. 그랬는데 다음 날 두 번째 또 그다음 날 세 번째의 좌우간

답전을 하라는 독촉 전보를 받았다. 이것을 안 김 직원은 그날 일찍이 현을 찾아왔다.

"우리 따위 노혼한 것들이야 새 세상을 만난들 무슨 소용이리까만 현 공 같은 젊은이는 어떡하든 부지했다가 그예 한몫 맡아 주시오. 그러자면 웬만한 일이건 과히 뻗대지 맙시다. 징용만 면헐 도리를 해요."

그리고 이날은 가네무라 순사가 나타나서, 이틀밖에 안 남았는데 언제 떠나느냐, 떠나면 여행증명을 해가지고 가야 하지 않느냐, 만일 안 떠나면 참석 안 하는 이유는 무엇이냐, 나중에는, 서울 가면 자기의 회중시계 수선을 좀 부탁하겠다 하고 갔다. 현은 역시,

'살고 싶다!'

또 한 번 비명을 하고 하루를 앞두고 가네무라 순사의 수선할 시계를 맡아가지고 궂은비 뿌리는 날 서울 문인보국회로 올라온 것이다.

현에게 전보를 세 번씩이나 친 것은 까닭이 있었다. 얼마 전에 시국 협력을 달갑게 여기지 않는 중견층 칠팔 인을 문인보국회 간부급 몇 사람이 정보과장과 하루저녁의 합석을 알선한 일이 있었는데 그날 저녁에 현만은 참석하지 못했으므로 이번 대회에 특히 순서 하나를 맡기게 되면 현을 위해서도 생색이려니와 그 간부급 몇 사람의 성의도 드러나는 것이었다. 현더러 소설부를 대표해 무슨 진언을 하라는 것이었다. 현은 얼마 앙탈해 보았으나 나타난 이상 끝까지 뻗대지 못하고 이튿날 대회 회장으로 따라 나왔다. 부민관인 회장의 광경은 어마어마하였다. 모두 국민복에 예장(禮章)을 찼고 총독부 무슨 각하, 조선군 무슨 각하, 예복에, 군복에 서슬이 푸르렀고 일본 작가에 누구, 만주국 작가에 누구, 조선 문단 생긴 이후 첫 어마어마한 집회였다. 현은 시골서 낚시질 다니던 진흙 묻은 웃저고리에 바지만은 플란넬을

입었으나 국방색도 아니요, 각반도 치지 않아 자기의 복장은 시국 색조에 너무나 무감각했음이 변명할 여지가 없게 되었다. 그러나 갑자기 변장할 도리도 없어 그대로 진행되는 절차를 바라보는 동안 현은 차차 이 대회에 일종 흥미도 없지 않았다. 현이 한동안 시골서 붕어나 보고 꾀꼬리나 듣던 단순해진 눈과 귀가 이 대회에서 다시 한 번 선명하게 느낀 것은 파쇼 국가의 문화행정의 야만성이었다. 어떤 각하짜리는 심지어 히틀러의 말 그대로 문화란 일단 중지했다가도 필요한 때에 일조일석에 부활시킬 수 있는 것이니 문학이건 예술이건 전쟁 도구가 못 되는 것은 아낌없이 박멸하여도 좋다 하였고, 문화의 생산자인 시인이며 평론가며 소설가들도 이런 무장武裝 각하들의 웅변에 박수갈채할 뿐 아니라 다투어 일어서, 쓰러져 가는 문화의 옹호이기보다는 관리와 군인의 저속한 비위를 핥기에만 혓바닥의 침을 말리었다. 그리고 현의 마음을 측은케 한 것은 그 핏기 없고 살 여윈 만주국 작가의 서투른 일본 말로의 축사였다. 그 익지 않은 외국어에 부자연하게 움직이는 얼굴은 작고 슬프게만 보였다. 조선 문인들의 일본 말은 대개 유창하였다. 서투른 것을 보다 유창한 것을 보니 유쾌해야 할 터인데 도리어 얄미운 것은 무슨 까닭일까? 차라리 제 소리 이외에는 옮길 줄 모르는 개나 도야지가 얼마나 명예스러우랴 싶었다. 약소민족은 강대민족의 말을 배우기 시작하는 것부터가 비극의 감수였던 것이다. 그렇다고 해서, 그러면 일본 작가들의 축사나 주장은 자연스럽게 보이고 옳게 생각되었느냐 하면 그것도 아니었다. 현의 생각엔 일본인 작가들의 행동이야말로 이해하기에 곤란하였다. 한때는 유종열 같은 사람은, '동포여 군국주의를 버리라. 약한 자를 학대하는 것은 일본의 명예가 아니다. 끝까지 이 인륜을 유린할 때는 세계가 일본의 적이 될 것이니 그때는 망하는 것이 조선이 아니라 일본이 아닐 것인가?' 하고 외치었고, 한때는 히틀러가 조국이 없는 유태인들을 추방하고, 진시황처럼 번문욕례를 빙자해 철학 문학을 불지를 때 이것에 제법 항의를 결의한 문화인들이 일본에도 있지 않았는가? 그들은 지금 무엇을 하고 찍소리도 없는 것인가? 조선인이나 만주인의 경우보다는 그래도 조국이나 저희 동족에의 진정한 사랑과 의견을 외칠 만한 자유와 의무는 남아 있지 않을 것인가? 진정한 문화인의 양심이 아직 일본에 있다면 조선인과 만주인의 불평을 해결은커녕 위로조차 아니라 불평할 줄 아는 그 본능까지 마비시키려는 사이비 종교가만이 쏟아져 나오고, 저희 민족문화의 한 발원지라고도 할 수 있는 조선의 문화나 예술을 보호는 못할망정, 야만적 관료의 앞잡이가 되어 조선어의 말살과 긴치 않은 동조론이나 국민극의 앞잡이 따위로나 나와 돌아다니는 꼴들은 반세기의 일본 문화란 너무나 허무한 것이 아닌가? 물론 그네들도 양심 있는 문화인은 상당한 수난일 줄은 안다. 그러나 너무나 태평무사하지 않은가? 이런 생각에서 펀뜻 박수 소리에 놀라는 현은, 차츰 자기도 등단해야 될, 그 만주국 작가보다 더 비극적으로 얼굴의 근육을 경련시키면서 내용이 더 구린 일본어를 배설해야 될 것을 깨달을 때, 또 여태껏 일본 문화인들을 비난하며 있던 제 속을 들여다볼 때 '네 자신은 무어냐? 네 자신은 무엇허러 여기와 앉어 있는 거냐?' 현은 무서운 꿈속이었다. 뛰어도 뛰어도 그 자리에만 있는 꿈속에서처럼 현은 기를 쓰고 뛰듯 해서 겨우 자리를 일어섰다. 일어서고 보니 걸음은 꿈과는 달라 옮겨지었다. 모자가 남아 있는 것도 의식 못 하고 현은 모든 시선이 올가미를 던지는 것 같은 회장을 슬그머니 빠져나오고 말았다.

'어찌 될 것인가? 의장 가야마 선생은 곧 내가 나설 순서를 지적할 것이다. 문인보국회 간부들은 그 어마어마한 고급 관리와 고급 군인들의 앞에서 창씨 안 한 내 이름을 외치면서 찾을 것이다!'

  위에서 누가 내려오는 소리가 난다. 우선 현은 변소로 들어섰다. 내려오는 사람은 절거덕절거덕 칼 소리가 났다. 바로 이 부민관 식당에서 언젠가 한 번 우리 문인들에게, 너희가 황국 신민으로서 충성하지 않을 때는 이 칼이 너희 목을 용서하지 않을 것이다 하던, 그도 우리 동포인 무슨 중좌인가 그자인지도 모르는데 절거덕 소리는 변소로 들어오는 눈치다. 현은 얼른 대변소 속으로 들어섰다. 한참 만에야 소변을 끝낸 칼 소리의 주인공은 나가버리었다. 그러나 그 뒤를 이어 이내 다른 구두 소리가 들어선다. 누구이든 이 속을 엿볼 리는 없을 것이나, 현은, 그 시골서 낚시질을 가던

길 산등성이에서 순사부장과 닥뜨리었을 때처럼 꼼짝 못 하겠다. 변기는 씻겨 내려가는 식이나 상당한 무더위로 독하도록 불결한 내다. 현은 담배를 꺼내 피워 물었다. 아무리 유치장이나 감방 속이기로 이다지 좁고 이다지 더러운 공기는 아니리라 싶어 사람이 드나드는 곳치고 용무 이외에 머무르기 힘든 곳은 변소 속이라 느낄 때, 현은 쓴웃음도 나왔다. 먼 삼층 위에선 박수 소리가 울려왔다. 그러고는 조용하다. 조용해진 지 얼마 만에야 현은 밖으로 나왔다. 그리고 맨머릿바람인 채, 다시 한 번 될 대로 되어라 하고 시내에서 그중 동뜬 성북동에 있는 친구에게로 달려오고 만 것이다.

어찌 되었든 현이 서울 다녀온 보람은 없지 않았다. 깔끔하여 인사도 제대로 받지 않으려던 가네무라 순사가 시계를 고쳐다 준 이후로는 제법 상냥해졌고, 우편국장, 순사부장, 면장들이 문인대회에서 전보를 세 번씩이나 쳐서 불러간 현을 그전보다는 약간 평가를 높이하는 듯, 저희 편에서도 자진해 인사를 보내게쯤 되어 이제는 그들이 보는 데도 낚싯대를 어엿이 들고 지나다니게쯤 되었다.

낚시질은, 현이 사용하는 도구나 방법이 동양 것이어서 그런지는 몰라도 역시 동양적인 소견법의 하나 같았다. 곤드레가 그린 듯이 소식 없기를 오랠 때에는 그대로 강 속에 마음을 둔 채 졸고도 싶었고, 때로는 거친 목소리나마 한 가락 노래도 흥얼거리고 싶은 것인데 이런 때는 신시보다는 시조나 한시를 읊는 것이 제격이었다.

小縣依山脚 官樓似鐘懸 (소현의산각 관루사종현)

觀書啼鳥裏 聽訴落花前 (관서제조리 청소낙화전)

俸薄稱貧吏 身閑號散仙 (봉박칭빈리 신한호산선)

新參釣魚社 月半在江邊 (신참조어사 월반재강변)

현이 이곳에 와서 무엇이고 군소리 내고 싶은 때 즐겨 읊조리는 한시다. 한번은 김 직원과 글씨 이야기를 하다가 고비古碑 이야기가 나오고 나중에는 심심하니 동구에 늘어선 현감비들이나 구경 가자고 나섰다. 거기서 현은 가장 첫머리에 선 대산 강진의 비를 그제야 처음 보았고 이조 말 사가시의 계승자라고 하는 시인 대산이 한때 이곳 현감으로 왔던 사적을 반겨 놀라지 않을 수 없었다. 그길로 김 직원 댁으로 가서 두 권으로 된 이《대산집》을 빌리어다 보니 중년작은 거의가 이 산에 와서 지은 것이며 현이 가끔 올라가는 만경산이며 낚시질 오는 용구소며 여조 유신 허 모가 와 은둔해 있던 곳이라는 두문동이며 진작 이 시인 현감의 시제에 오르지 않은 구석이 별로 없다. 그는 일찍부터 출재산수향出宰山水鄉 독서송계림讀書松桂林의 한퇴지의 유풍을 사모하여 이런 산수향에 수령 되어 왔음을 만족해한 듯하다. 새 우짖는 소리 속에 책을 읽고 꽃 흩는 나무 앞에서 백성의 시비를 가리는 것이라든지, 녹은 적으나 몸 한가한 것만 신선이어서 새로 낚시꾼들에게 끼여 한 달이면 반은 강변에서 지내는 것을 스스로 호강스러워 예찬한 노래다. 벼슬살이가 이러할진댄 도연명인들 굳이 팽택령을 버렸을 리 없을 것이다. 몸이야 관직에 매였더라도 음풍영월만 할 수 있으면 문학이었고 굳이 관대를 끄르고 전원에 돌아갔으되 역시 음풍영월만이 문학이긴 마찬가지였다.

'관서제조리 청소낙화전! 이런 운치의 정치를 못 가져봄은 현대 정치인의 불행이라 할 수 있을 것이다! 그러나 다시 이런 운치 정치로 살 수 있는 세상이 올 수 있을 것인가? 음풍영월만으로 소견 못 하는 것이 현대 문인의 불행이기도 할 것이다. 그러나 마찬가지로 음풍영월이 문학일 수 있는 세상이 다시 올 수 있을 것인가? 아니 그런 세상이 올 필요나 있으

며 또 그런 것이 현대 정치가나 예술가의 과연 흠모하는 생활이며 명예일 수 있을 것인가?'

현은 무시로 대산의 시를 입버릇처럼 읊조리면서도 그것은 한낱 왕조 시대의 고완품을 애무하는 것 같은 취미요 그것이 곧 오늘 자기 문학 생활에 관련성을 가진 것이라고는 생각되지 않았다.

'그렇다고 내 자신이 걸어온 문학의 길은 어떠하였는가? 봉건시대의 소견 문학과 얼마만한 차이를 가졌는가?'

현은 이것을 붓을 멈추고 자기를 전망할 수 있는 이 피난처에 와서야, 또는 강대산 같은 전 세대 시인의 작품을 읽고야 비로소 반성하는 것은 아니었다. 현의 아직까지의 작품 세계는 대개 신변적인 것이 많았다. 신변적인 것에 즐기어 한계를 둔 것은 아니나 계급보다 민족의 비애에 더 솔직했던 그는 계급에 편향했던 좌익엔 차라리 반감이었고 그렇다고 일제의 조선민족정책에 정면충돌로 나서기에는 현만이 아니라 조선 문학의 진용 전체가 너무나 미약했고 너무나 국제적으로 고립해 있었다. 가끔 품속에 서린 현실자로서의 고민이 불끈거리지 않았음은 아니나, 가혹한 검열 제도 밑에서는 오직 인종하지 않을 수 없었고 따라 체관의 세계로밖에는 열릴 길이 없었던 것이다.

'자, 인젠 무엇을 어떻게 쓸 것인가? 일본이 망할 것은 정한 이치다. 미리 준비를 하자! 만일 일본이 망하지 않는다면? 조선은 문학이니 문화가 문제가 아니다. 조선말은 그예 우리 민족에게서 떠나고 말 것이니 그때는 말만이 아니라 민족 자체가 성격적으로 완전히 파산되고 마는 최후인 것이다. 이런 끔찍한 일본 군국주의의 음모를 역사는 과연 일본에게 허락할 것인가?

현은 아내에게나 김 직원에게는 멀어야 이제부터 일 년이란 것을 누누이 역설하면서도 정작 저 혼자 따져 생각할 때는 너무나 정보에 어두워 있으므로 막연하고 불안하였다. 그러나 파시즘의 국가들이 이기기나 하면 어쩌나 하는 불안은 이내 사라졌다. 무솔리니의 실각, 제이 전선의 전개, 사이판의 함락, 일본 신문이 전하는 것만으로도 전쟁의 대세는 이미 결정되어 있었다.

그렇다고 현은 붓을 들 수는 없었다. 자기가 쓰기는커녕 남의 것을 읽는 것조차 마음은 여유를 주지 않았다. 강가에 앉아 '관서제조리청소낙화전'은 읊조릴망정, 태서 대가들의 역작 명편은 도무지 머릿속에 들어오지 않아, 다시 읽는 《전쟁과 평화》를 일 년이 걸리어도 하권은 그예 못다 읽고 말았다. 집에 들어서기만 하면 쌀 걱정, 나무 걱정, 방바닥 뚫어진 것, 부엌 불편한 것, 신발 없는 것, 옷감 없는 것, 약 없는 것, 나중엔 삼 년은 견딜 줄 예산한 집 잡힌 돈이 일 년이 못다 되어 바닥이 났다. 징용도 아직 보장이 되지 못하였는데 남자 육십 세까지의 국민의용대 법령이 나왔다. 하루는 주재소에서 불렀다. 여기는 시달서도 없이 소사가 와서 이르는 것이나 불안하고 불쾌하긴 마찬가지다. 다만 그 불안을 서울서처럼 궁금한 채 내일까지 기다리는 것이 아니라 그길로 달려가 즉시 결과를 알 수 있는 것만 다행이었다.

주재소에는 들어설 수 없게 문간에까지 촌사람들로 가득하였다. 현은 자기를 부른 일과 무슨 관계가 있나 해서 가만히 눈치부터 살피었다. 농사진 밀보리는 종자도 남기지 않고 모조리 걷어 들여오고 이름만 농가라고 배급은 주지 않으니 무얼 먹고 살라느냐, 밤낮 증산이니 무슨 공출이니 하지만 먹어야 농사도 짓고 먹어야 머루 덤불도, 관솔도, 참나무 껍질도 해다 바치지 않느냐, 면에다 양식 배급을 주도록 말해달라고 진정하러들 온 것이었다. 실실 웃기만 하고 앉았던 부장이 현을 보더니 갑자기 얼굴에 위엄을 갖추며 밖으로 나왔다.

"오늘은 낚시질 안 갔소?"

"안 갔습니다."

"당신을 경방단에도, 방공 감시에도 뽑지 않은 것은 나라를 위해서 글을 쓰라고 그냥 둔 것인데 자꾸 낚시질만 다니니까 소문이 나쁘게 나는 것이오. 내가 어제 본서에 들어갔더니, 거긴, 어떤 한가한 사람이 있어 버스에서 보면 늘 낚시질을 하니, 그게 누구냐고 단단히 말을 합디다. 인전 우리 일본 제국이 완전히 이길 때까지 낚시질은 그만둡시다."

현은,

"그렇습니까? 미안합니다."

하는 수밖에 없었다.

"그리고 당신은, 출정 군인이 있을 때마다 여기서 장행회가 있는데 한 번도 나오지 않지 않었소?"

"미안합니다. 앞으론 나오겠습니다."

현은 몹시 우울했다.

첫 장마 지난 후, 고기들이 살도 올랐고 떼지어 활발히 이동하는 것도 이제부터다. 일 년 중 강물과 제일 즐길 수 있는 당절에 그만 금족을 당하는 것이었다. 낚시 도구는 꾸려 선반에 얹어두고, 자연 김 직원과 자주 만나는 것이 일이 되었다. 만나면 자연 시국 이야기요, 시국 이야기면 이미 독일도 결딴났고 일본도 벌써 적을 오끼나와까지 맞아들인 때라 자연히 낙관적 관찰로서 조선 독립의 날을 꿈꾸는 것이었다.

"국호가 고려국이라고 그러셨나?"

현이 서울서 듣고 온 것을 한번 김 직원에게 이야기한 적이 있다.

"고려민국이랍디다."

"어째 고려라고 했으리까?"

"외국에는 조선이나 대한보다는 고려로 더 알려졌기 때문인가 봅니다. 직원님께선 무어라

했으면 좋겠습니까?"

"그까짓 국호야 뭐래든 얼른 독립이나 됐으면 좋겠소. 그래도 이왕이면 우리넨 대한이랬으면 좋을 것 같어."

"대한! 그것도 이조 말에 와서 망할 무렵에 잠시 정했던 이름 아닙니까?"

"그렇지요. 신라나 고려나처럼 한때 그 조정이 정했던 이름이죠."

"그렇다면 지금 다시 이왕李王 시대가 아닐 바엔 대한이란 거야 무의미하지 않습니까? 잠시 생겼다 망했다 한 나라 이름들은 말씀대로 그때그때 조정이나 임금 마음대로 갈었지만 애초부터 우리 민족의 이름은 조선이 아닙니까?"

"참, 그러리다. 《사기》에도 고조선이니 위만조선이니 허구 조선이란 이름이야 흠뻑 올라죠. 그런데 나는 말이야."

하고 김 직원은 누워서 피우던 담뱃대를 놓

고 일어나며,

"난 그대로 국호도 대한, 임금도 영친왕을 모셔내다 장가나 조선 부인으로 다시 듭시게 해서 전주 이씨 왕조를 다시 한 번 모셔보구 싶어."

하였다.

"전조前朝가 그다지 그리우십니까?"

"그립다 뿐이겠소. 우리 따위 필부가 무슨 불사이군이래서보다도 왜놈들 보는 데 대한 그대로 광복을 해가지고 이번엔 고놈들을 한 번 앙갚음을 해야 하지 않겠소?"

"김 직원께서 이제 일본으루 총독 노릇을 한번 가보시렵니까?"

하고 둘이는 유쾌히 웃었다.

"고려민국이건 무어건 그래 군대도 있구 연합국 간에 승인도 받았으리까?"

"진가는 몰라도 일본에 선전 포고꺼정 허구 군대가 김일성 부하, 김원봉 부하, 이청천

부하, 모다 삼십만은 넘는다는 말이 있습니다."

"삼십만! 제법 대군이로구려! 옛날엔 십만이라두 대병인데! 거 인제 독립이 돼가지구 우리 정부가 환국할 땐 참 장관이겠소! 오래 산 보람 있으려나 보오!"

하고 김 직원은 다시 담배를 피워 물었다. 그리고 그 피어오르는 연기 속에서 삼십만 대병으로 호위된 우리 정부의 복식 찬란한 헌헌장부들의 환상을 그려보는 것이었다. 나중에는 감격에 가슴이 벅찬 듯 후 한숨을 쉬는 김 직원의 눈은 눈물까지 글썽해 있었다.

그 후 얼마 안 있어서다. 하루는 김 직원이 주재소에 불려갔다. 별일은 아니라 읍에서 군수가 경비 전화를 통해 김 직원을 군청으로 들어오라는 기별이었다. 김 직원은 이튿날 버스로 칠십 리나 들어가는 군청으로 갔다. 군수는 반가이 맞아 자기 관사에서 저녁을 차리고, 김 직원에게 이런 말을 하였다.

"왜 지난달 춘천서 열린 도 유생대회에 참석허지 않었습니까?"

"그것 때문에 부르셨소?"

"아니올시다. 더 드릴 말씀이 있습니다."

"다 허시지요."

"이왕 지나간 대회 이야기보다도…… 인전 시국이 정말 국민에게 한 사람에게도 방관할 여율 안 준다는 건 나뿐 아니라 김 직원께서도 잘 아실 겁니다. 노인께 이런 말씀 드리는 건 미안합니다만 너무 고루하신 것 같은데 성인도 시속을 따르랬다고 대세가 그렇지 않습니다."

"그래서요?"

"이번에 전국유도대회全國儒道大會를 앞두고 군郡에서 미리 국어와 황국 정신에 대한 강습이 있습니다. 그러니 강습에 오시는데 미안합니다만 머리를 인전 깎으시고 대회에 가실

때도 필요할게니 국민복도 한 벌 장만하십시오."

"그 말씀뿐이오?"

"그렇습니다."

"나 유생인 건 사또께서 잘 아시리다. 신체발부는 수지부모란 성현의 말씀을 지키지 않구 유생은 무슨 유생이며 유도대회는 무슨 유도대회겠소. 나 향교 직원 명예로 허는 것 아니오. 제향 절차 하나 제대로 살필 위인이 없으니까 그곳 사는 후학으로서 성현께 대한 도리로 맡어온 것이오. 이제 머리를 깎어라, 낙치가 다 된 것더러 일본 말을 배워라, 복색을 갈어라, 나 직원 내노란 말씀이니까 잘 알아들었소이다."

하고 나와버린 것인데, 사흘이 못 되어 다시 주재소에서 불렀다. 또 읍에서 나온 전화 때문인데 이번에는 경찰서에서 들어오라는 것이다. 김 직원은 그길로 현을 찾아왔다.

"현 공? 저놈들이 필시 나헌테 강압 수단을 쓸랴나 보."

"글쎄올시다. 아무튼 메칠 안 남은 발악이니 충돌은 마시고 잘 모면만 하십시오."

"불러도 안 들어가면 어떠리까?"

"그건 안 됩니다. 지금 핑계가 없어서 구속을 못 하는데 관명 거역이라고 유치나 시켜놓고 머리를 깎이면 그건 기미년 때처럼 꼼짝 못 허구 당허십니다."

"옳소, 현 공 말이 옳소."

하고 김 직원은 그 이튿날 또 읍으로 갔는데 사흘이 되어도 나오지 않았고 나흘째 되던 날이 바로 '팔월 십오일'인 것이었다.

그러나 현은 라디오는커녕 신문도 이삼일이나 늦는 이곳에서라 이 역사적 '팔월 십오일'을 아무것도 모르는 채 지나버리었고, 그 이튿날 아침에야 서울 친구의 다만 '급히 상경하라'는 전보로 비로소 제 육감이 없지는 않았으나 그러나, 여행증명도 얻을 겸 눈치를 보러 주재소에 갔으되, 순사도 부장도 아무런 이상이 없었을 뿐 아니라 가네무라 순사에게 넌지시, 김 직원이 어찌 되어 나오지 못하느냐 물었더니,

"그런 고집불통 영감은 한참 그런 데서 땀 좀 내야죠!"

한다.

"그럼 구금이 되셨단 말이오?"

"뭐 잘은 모릅니다. 괜히 소문내지 마슈."

하고 말을 끊는데, 모두가 변한 것이 조금도 없다.

'급히 상경하라. 무슨 때문인가?'

현은 궁금한 채 버스를 기다리는데 이날은 버스가 정각 전에 일찍 나왔다. 이 차에도 김 직원이 나타나는 것을 보지 못하고 현은 떠나고 말았다.

버스 속엔 아는 사람도 하나 없다. 대부분

이 국민복들인데 한 사람도 그럴듯한 기색은 보이지 않는다. 한 사십 리 나와 저쪽에서 들어오는 버스와 마주치게 되었다. 이쪽 운전사가 팔을 내밀어 저쪽 차를 같이 세운다.

"어떻게 된 거야?"

"무에 어떻게 돼?"

"철원은 신문이 왔겠지?"

"어제 방송대루지 뭐."

"잡음 때문에 자세들 못 들었어. 그런데 무조건 정전이라지?"

두 운전사의 문답이 이에 이를 때, 누구보다도 현은 좁은 틈에서 벌떡 일어섰다.

"그게 무슨 소리들이오?"

"전쟁이 끝났답니다."

"뭐요? 전쟁이?"

"인전 끝이 났어요."

"끝! 어떻게요?"

"글쎄, 그걸 잘 몰라 묻습니다."

하는데 저쪽 운전대에서,

"결국 일본이 지구 만 거죠. 철원 가면 신문을 보십니다."

하고 차를 달려버린다. 이쪽 차도 갑자기 구르는 바람에 현은 펄썩 주저앉았다.

'옳구나! 올 것이 왔구나! 그 지리하던 것이……'

현은 코허리가 찌르르해 눈을 슴벅거리며 좌우를 둘러보았다. 확실히 일본 사람은 아닌 얼굴들인데 하나같이 무심들 하다.

"여러분은 인제 운전사들의 대활 못 들었습니까?"

서로 두리번거릴 뿐, 한 사람도 응하지 않는다.

"일본이 지고 말았다면 우리 조선이 어떻게 될 걸 짐작들 허시겠지요?"

그제야 그것도 조선옷 입은 영감 한 분이,

"어떻게든 되는 거야 어디 가겠소? 어떤 세

상이라고 똑똑히 모르는 걸 입을 놀리겠소?"

한다. 아까는 다소 흥미를 가지고 지껄이던 운전사까지,

"그렇지요. 정말인지 물어보기만도 무시무시헌걸요."

하고 그 피곤한 주름살, 그 움푹 들어간 눈으로 버스를 운전하는 표정뿐이다.

현은 고개를 푹 수그렸다. 조선이 독립된다는 감격보다도 이 불행한 동포들의 얼빠진 꼴이 우선 울고 싶게 슬펐다.

'이게 나 혼자 꿈이나 아닌가?'

현은 철원에 와서야 꿈 아닌 〈경성일보〉를 보았고, 찾을 만한 사람들을 만나 굳은 악수와 소리 나는 울음을 울었다. 하늘은 맑아 박꽃 같은 구름송이, 땅에는 무럭무럭 자라는 곡식들, 우거진 녹음들, 어느 것이고 우러러 절하고 소리 지르고 날뛰고 싶었다.

현은 십칠일 날 새벽, 뚜껑 없는 모래차에 모래 실리듯 한 사람 틈에 끼여, 대통령에 누구, 육군 대신에 누구, 그러다가 한 정거장을 지날 때마다 목이 터지게 독립 만세를 부르며 이날 아침 열시에 열린다는 건국대회에 미치지 못할까 보아 초조하면서 태극기가 휘날리는 열광의 정거장들을 지나 서울로 올라왔다.

청량리 정거장을 나서니, 웬일일까, 기대와는 달리 서울은 사람들도 냉정하고 태극기조차 보기 드물다. 시내에 들어서니 독오른 일본 군인들이 일촉즉발의 예리한 무장으로 거리마다 목을 지키고 〈경성일보〉가 의연히 태연자약한 논조다.

현은 전보 쳐준 친구에게로 달려왔다. 손을 잡기가 바쁘게 건국대회가 어디서 열리느냐 하니, 모른다 한다. 정부 요인들이 비행기로 들어왔다는데 어디들 계시냐 하니, 그것도 모른다 한다. 현은, 대체 일본 항복이 사실이긴 하냐 하니, 그것만은 사실이라 한다. 현은 전신에 피곤을 느끼며 걸상에 주저앉아 그제야 여러 시간 만에 처음 정신을 가다듬었다. 그리고 이 친구로부터 팔월 십오일 이후 이틀 동안의 서울 정황을 대강 들었다.

    현은 서울 정황에 불쾌하였다. 총독부와 일본 군대가 여전히 조선 민족을 명령하고 앉았는 것과, 해외에서 임시정부가 오늘 아침에 들어왔다, 혹은 오늘 저녁에 들어온다 하는 이때 그새를 못 참아 건국에 독단적인 계획들을 발전시키며 있는 것과, 문화면에 있어서도, 현 자신은 그저 꿈인가 생시인가도 구별되지 않는 이 현혹한 찰나에, 또 문화인들의 대부분이 아직 지방으로부터 모이기도 전에, 무슨 이권이나처럼 재빨리 간판부터 내걸고 서두르는 것들이 도시 불순하고 경망해 보였던 것이다. 현이 더욱 걱정되는 것은 벌써부터 기치를 올리고 부서를 짜고 덤비는 축들이, 전날 좌익 작가들의 대부분임을 알게 될 때, 문단 그 사회보다도, 나라 전체에 좌익이 발호할 수 있는 때요, 좌익이 제멋대로 발호하는 날은, 민족 상쟁 자멸의 파탄을 일으키지 않을까 하는 위험성이었다. 현은 저 자신의 이런 걱정이 진정일진댄, 이러고만 앉았을 때가 아니라 생각되어 그 '조선문화건설중앙협의회'란 데를 찾아갔다. 전날 구인회 시대, 〈문장〉 시대에 자별하게 지내던 친구도 몇 있었으나 아닌 게 아니라 전날 좌익이었던 작가와 평론가가 중심이었다. 마침 기초된 선언문을 수정하면서들 있었다. 현은 마음속으로 든든히 그들을 경계하면서 그들이 초안한 선언문을 읽어보았다. 두 번 세 번 읽어보았다. 그리고 그들의 표정과 행동에 혹시라도 위선적인 데나 없나 엿보기를 게을리하지 않으며 저윽 속으로 이상하게 생각하지 않을 수 없었다.

'이들에게 이만침 조선 사정에 진실한 정신

적 준비가 있었던가?'

현은 그들의 태도와 주장에 알고 보니 한 군데도 이의를 품을 데가 없었다. '장래 성립할 우리 정부의 문화 예술 정책이 서고, 그 기관이 탄생되어 이 모든 임무를 수행할 때까지, 우선, 현 계단의 문화 영역의 통일적 연락과 각 부문의 질서화를 위하여'였고 '조선 문화의 해방, 조선 문화의 건설, 문화 전선의 통일' 이것이 전진 구호였던 것이다. 좌우를 막론하고 민족이 나아갈 노선에서 행동 통일부터 원칙을 삼아야 할 것을 현은 무엇보다 긴급으로 생각한 것이요, 좌익 작가들이 이것을 교란할까 보아 걱정한 것이며 미리부터 일종의 증오를 품었던 것인데 사실인즉 알아볼수록 그것은 현 자신의 기우였다. 아직 이 이상 구체안이 있을 수도 없는 때이나, 이들로서 계급 혁명의 선수를 걸지 않는 것만은 이들로는 주저나 자중이 아니라, 상당한 자기비판과 국제노선과 조선 민족의 관계를 심사숙고한 연후가 아니고는, 이처럼 일견 단순해 보이는 태도나 원칙만엔 만족할 리가 없을 것이었다. 현은 다행한 일이라 생각하고 즐겨 그 선언에 서명을 같이하였다.

그러나 도시 마음이 놓이지는 않았다. '모—든 권력은 인민에게로!' 이런 깃발과 노래는 이들의 회관에서 거리를 향해 나부끼고 울려 나왔다. 그것이 진리이긴 하나 아직 민중의 귀에만은 이른 것이었다. 바다 위로 신기루같이 황홀하게 떠들어올 나라나, 대한이나, 정부나, 영웅들을 고대하는 민중들은, 저희 차례에 갈 권리도 거부하면서까지 화려한 환상과 감격에 더 사무쳐 있는 때이기 때문이다. 현 자신까지도 '모—든 권력은 인민에게로'가 이들이 민주주의자로서가 아니라 그전 공산주의자로서의 습성에서 외침으로만 보여질 때가 한두 번 아니었고, 위고 같은 이는 이미 전 세대에 있어 '국민보다 인민에게'를 부르짖은 것을 생각할 때, 오늘 우리의 이 시대, 이 처지에서 '인민에게'란 말이 그다지 새롭거나 위험스럽게 들릴 것도 아무것도 아닌 줄 알면서도, 현은 역시 조심스러웠고, 또 현을 진실로 아끼는 친구나 선배의 대부분이, 현이 이들의 진영 속에 섞인 것을 은근히 염려하는 것이었다. 그런데다 객관적 정세는 날로 복잡다단해졌다. 임시정부는 민중이 꿈꾸는 것 같은 위용은커녕 개인들로라도 쉽사리 나타나주지 않았고, 북쪽에서는 소련군이 일본군을 여지없이 무찌르며 조선인의 골수에 사무친 원한을 충분히 이해해서 왜적에 대한 철저한 소탕을 개시한 듯 들리나, 미국군은 조선 민중의 기대는 모른 척하고 일본인들에게 관대한 삐라부터를 뿌리어, 아직도 총독부와 일본 군대가 조선 민중에게 '보아라 미국은 아직 일본과 상대이지 너희 따위 민족은 문제가 아니다' 하는 자세를 부리기 좋게 하였고, 우리 민족 자체에서는 '인민공화국'이란, 장래 해외 세력과 대립의 예감을 주는 조직이 나타났고, '조선문화건설중앙협의회'와 선명히 대립하여 '프롤레타리아예술연맹'이란, 좌익 문학인들만으로 문화운동 단체가 기어이 일어나고 말았다.

 이 '프로예맹'이 대두함에 있어, 현은 물론, '문협'에서들은, 겉으로는 '역사나 시대는 그네들의 존재 이유를 따로 허락지 않을 것이다' 하고 비웃어버리려 하나 속으로는 '문화전선 통일'에 성실하면 성실한 만치 무엇보다 먼저 해결하지 않으면 안 될 당면과제의 하나였다. 현이 더욱 불쾌한 것은, '프로예맹'의 선언 강령이 '문협' 것과 별로 다를 것이 없는 점이요. 그렇다면 과거에 좌익 작가들이, 과거에 자기들과 대립 존재였던 현을 책임자로 한 '문학건설본부'에 들어 있기 싫다는 표시로도 생각할 수 있는 점이다. 하루는 우익 측 몇 친구가 '프로예맹'의 출현을 기다리었다는 듯이 곧 현을 조용한 자리에 이끌었다.

"당신의 진의는 우리도 모르지 않소. 그러나 급기야 당신이 거기서 못 배겨나리다. 수포에 돌아가리다. 결국 모모들은 당신 편이기보단 프로예맹 편인 것이오. 나중에 당신만 지붕 쳐다보는 꼴이 될 것이니 진작 나와 우리끼리 따로 모입시다. 뭣허러 서로 어성버성헌 속에서 챙피만 보고 계시오?"

현은 그들에게 이 기회에 신중히 생각할 여지가 있다는 것만은 수긍하고 헤어졌다. 바로 그다음 날이다. 좌익 대중 단체 주최의 데모가 종로를 지나게 되었다. 연합국기 중에도 맨 붉은 기뿐이요, 행렬에서 부르는 노래도 〈적기가赤旗歌〉다. 거리에 섰는 군중들은 모두 이 데모에 냉정하다. 그런데 '문협' 회관에서만은 열광적 박수와 환호로 이 데모에 응할 뿐 아니라, 이제 연합군 입성 환영 때 쓸 연합국기들을 다

량으로 준비해 두었는데, '문협'의 상당한 책임자의 하나가 묶어놓은 연합국기 중에서 소련 것만을 끄르더니 한아름 안고 가 사층 위로부터 행렬 위에 뿌리는 것이다. 거리가 온통 시뻘게진다. 현은 대뜸 뛰어가 그것을 막았다. 다시 집으러 가는 것을 또 막았다.

"침착합시다."

"침착헐 이유가 어디 있소?"

양편이 다 같이 예리한 시선의 충돌이었다. 뿐만 아니라 옆에 섰던 젊은 작가들은 하나같이 현에게 모멸의 시선을 던지며 적기를 못 뿌리는 대신, 발까지 구르며 박수와 환호로 좌익 데모를 응원하였다. 데모가 지나간 후, 현의 주위에는 한 사람도 가까이 오지 않았다. 현은 회관을 나설 때 몹시 외로웠다. 이들과 헤어지더라도 이들 수효만 못지않은, 문학 단체건, 문화 단체건 만들 수 있다는 자신도 솟았다.

'그러나…… 그러나……'

현은 밤새도록 궁리했다. 그 이튿날은 회관에 나오지 않았다.

'마음에 맞는 친구끼리만? 그런 구심적求心的인 행동이 이 거대한 새 현실에서 어떤 결과를 가져올 것인가? 새 조선의 자유와 독립은 대중의 자유와 독립이라야 한다. 그들이 대중운동에 그처럼 열성인 것을 나는 몰이해는커녕 도리어 그것을 배우고 그것을 추진시키는 데 티끌만치라도 이바지하려는 것이 내 양심이다. 다만 적기만 뿌리는 것이 이 순간 조선의 대중운동이 아니며 적기 편에 선 것만이 대중의 전부가 아니란, 그것을 나는 지적하려는 것이다. 이런 내 심정을 몰라준다면, 이걸 단순히 반동으로밖에 해석할 줄 몰라준다면 어떻게 그들과 함께 일할 수 있는 것인가?'

다음 날도 현은 회관으로 나가고 싶지 않아 방에서 혼자 어정거리고 있을 때다. 그날 창밖의 데모를 향해 적기를 뿌리던 그 친구가 찾아왔다.

"현 형? 그저껜 불쾌했지요?"

"불쾌했소."

"현 형? 내 솔직한 고백이오, 적색 데모란 우리가 얼마나 두고 몽매간에 그리던 환상이리까? 그걸 현실로 볼 때, 나는 이성을 잃고 광분했던 거요. 부끄럽소. 내 열 번 경솔이었소. 그날 현 형이 아니었더면 우리 경솔은 훨씬 범위가 커졌을 거요. 우리에겐 열 사람의 우리와 똑같은 사람보다 한 사람의 현 형이 절대로 필요한 거요."

그는 확실히 말끝을 떨었다. 둘이는 묵묵히 담배 한 대씩을 피우고 묵묵히 일어나 다시 회관으로 나왔다.

그 적색 데모가 있은 후로 민중은, 학생이거나 시민이거나 지식층이거나 확실히 좌우양 파로 갈리는 것 같았다. 저녁이면 현을 또 조용한 자리에 이끄는 친구들이 있었다. 현은

'문협'에서 탈퇴하기를 결단하라는 간곡한 충고를 재삼 받았으나, '문협'의 성격이 결코 그대들이 생각하는 것처럼 어느 한쪽에 편향한 것이 아니란 것을 극구 변명하였는데, 그 이튿날 회관으로 나오니, 어제 이 친구들로부터 전화가 걸려왔다.

"자네가 말한 건 자네 거짓말이거나, 그렇지 않으면 우리가 본대로 자네는 저들에게 이용당하고 있는 걸세. 그 증거는, 그 회관에 오늘 아침 새로 내걸은 대서특서한 드림을 보면 알 걸세."

하고 이쪽 말은 듣지도 않고 불쾌히 전화를 끊어버리는 것이었다. 현은 옆엣 사람들에게 묻지도 않았다. 쭈루루 밑엣 층으로 내려가 행길에서 사층인 회관의 전면을 쳐다보았다. 놀라지 않을 수 없었다. 아까 현은 미처 보지 못하고 들어왔는데 옥상에서부터 이 이층까지 드리운, 광목 전폭에다가 '조선인민공화국 절대지지'란, 아직까지 어떤 표어나 구호보다 그야말로 대서특서한 것이었다. 안전지대에 그득한 사람들, 화신 앞에 들끓는 군중들, 모두 목을 젖히고 쳐다보는 것이다. 모두가 의아하고 불안한 표정들이다. 현은 회관 사층을 십 분이나 걸려 올라왔다. 현은 다시 한 번 배신을 당하는 심각한 우울이었다. 회관에는 '문협'의 의장도 서기장도 아직 나타나지 않았다. '문학건설본부'의 서기장만이 뒤를 따라 들어서기에 현은 그의 손을 이끌고 옥상으로 올라왔다.

"이건 누가 써 내걸었소?"

"뭔데?"

부슬비가 내리는 때라 그도 쳐다보지 않고 들어왔고, 또 그런 것을 내어걸 계획에도 참례하지 못한 눈치였다.

"당신도 정말 몰랐소?"

"정말 몰랐는데! 이게 대체 누구 짓일까?"

"나도 몰라, 당신도 몰라, 한 회관에 있는 우리가 몰랐을 땐, 나오지 않는 의원들은 더 많이 몰랐을 것이오. 이건 독재요. 이러고 문화 전선의 통일 운운은 거짓말이오. 나는 그 사람들 말 더 믿구 싶지 않소. 인전 물러가니 그리 아시오."

하고 돌아서는 현을, 서기장은 당황해 앞을 막았다.

"진상을 알구 봅시다."

"알아보나마나요."

"그건 속단이오."

"속단해 버려도 좋을 사람들이오. 이들이 대중운동을 이처럼 경솔히 하는 줄은 정말 뜻밖이오."

"그래도 가만있소. 우리가 오늘 갈리는 건 우리 문화인의 자살이오!"

"왜 자살 행동을 하시오?"

하고 현은 자연 언성이 높아졌다.

"정말이오. 나도 몰랐소. 그렇지만 이런 걸 밝히고 잘못 쏠리는 걸 바로잡는 것도 우리가 헐 일 아니고 누가 헐 일이란 말이오?"

하고 서기장은 눈물이 핑 도는 것이다. 그리고 그 드림 드리운 데로 달려가 광목 한 통이 비까지 맞아 무겁게 늘어진 것을 한 걸음 끌어 올리고 반걸음 끌어 내려가면서 닻줄을 감듯 전력을 들여 끌어 올리고 있는 것이었다. 현도 이내 눈물을 머금었다.

'그렇다! 나 하나 등신이라거나, 이용을 당한다거나 그런 조소를 받는 것이 문제가 아니다! 그런 것에나 신경을 쓰는 건 나 자신 불성실한 표다!'

현은 뛰어가 서기장과 힘을 합쳐 그 무거운 드림을 끌어 올리었다.

나중에 알고 보니 '문협'의 의장도, 서기장도 다 모르는 일이었다. 다만 서기국원 하나가, 조선이 어떤 이름이 되든 인민의 공화국이

어야 한다는 여론이 이 회관 내에 있어옴을 알던 차, '인민공화국'이 발표되었고, 마침 미술부 선전대에서 또 무엇 그릴 것이 없느냐 주문이 있기에, 그런 드림이 으레 필요하려니 지레짐작하고 제 마음대로 원고를 써 보낸 것이요, 선전대에서는 문구는 간단하나 내용이 중요한 것이라 광목 전폭에다 내려썼고, 쓴 것이 마르면 으레 선전대에서 가지고 와 달아까지 주는 것이 그들의 책임이라 식전 일찍이 와서 달아놓고 간 것이었다. 아침 여덟시부터 열한시까지 세 시간 동안 걸린 이 간단한 드림은 석 달 이상을 두고 변명해 오는 것이며 그것 때문에 '문협' 조직체가 적지 않은 타격을 받은 것도 사실인 것이다.

그러나 이것을 계기로 전원은 아직도 여지가 있는 자기 비판과 정세 판단과 '프로예맹'과의 합동운동을 더 진실한 태도로 착수하기 시작한 것이다.

이미 미국 군대가 들어와 일본 군대의 총부리는 우리에게서 물러섰으나 삐라가 주던 예감과 마찬가지로 미국은 그들의 군정을 포고하였다. 정당은 누구든지 나타나란 바람에 하룻밤 사이에 오륙십의 정당이 꾸미어졌고, 이승만 박사가 민족의 미칠 듯한 환호 속에 나타나 무엇보다 조선 민족이기만 하면 우선 한데 뭉치고 보자는 주장에 그 속에 틈이 있음을 엿본 민족 반역자들과 모리배들이 다시 활동을 일으키어, 뭉치는 것은 박사의 진의와는 반대의 효과로 일제 시대 비행기 회사 사장이 새로 된 것이라는 국립항공회사에도 부사장으로 나타나는 것 같은 일례로, 민심은 집중이 아니라 이산이요, 신념이기보다 회의의 편이 되고 말았다. 민중은 애초부터 자기 자신들의 모―든 권익을 내어던지면서까지 사모하고 환상하던 임시정부라 이제야 비록 자격은 개인으로 들어왔더라도 그 후의 기대와 신망은 그리로 쏠릴 길밖에 없었다. 그러나, 개인이나 단체나 습관이란 이처럼 숙명적인 것일까? 해외에서 다년간 민중을 가져보지 못한 임시정부는 해내에 들어와서도, 화신 앞 같은 데서 석유 상자를 놓고 올라서 민중과 이야기할 필요는 조금도 느끼지 않고 있었다. 인공人共과 대립만이 예각화되고, 삼팔선은 날로 조선의 허리를 졸라만 가고, 느는 건 강도요, 올라가는 건 물가요, 민족의 장기간 흥분하였던 신경은 쇠약할 대로 쇠약해만 가는 차에 탁치 문제가 터진 것이다.

누구나 할 것 없이 그만 냉정을 잃고 말았다. 여기저기서 탁치 반대의 아우성이 일어났다. 현도 몇 친구와 함께 반탁 강연에 나갔고 그의 강연 원고는 어느 신문에 게재도 되었다.

그러나 현은, 아니 현만이 아니라 적어도 그날 현과 함께 반탁 강연에 나갔던 친구들은 하나같이 어정쩡했고, 이내 후회하지 않을 수 없었다. 탁치 문제란 그렇게 간단히 규정할 것이 아님을 차츰 깨닫게 되었는데, 이것을 제일 먼저 지적한 것이 조선공산당으로, 그들의 치밀한 관찰과 정확한 정세 판단에는 감사하나, 삼상회담 지지가 공산당에서 나왔기 때문에 일부의 오해를 더 사고 나아가선 정권 싸움의 재료로까지 악용당하는 것은 불행 중 거듭 불행이었다.

"탁치 문제에 우린 너머 경솔했소!"

"적지 않은 과오야!"

"과오? 그러나 지금 조선 민족의 심리론 그닥 큰 과오라군 헐 수 없지. 또 민족적 자존심을 이만침은 표현하는 것도 좋고."

"글쎄, 내용을 알고 자존심만 표현하는 것과 내용을 모르고 허턱 날뛰는 것과 방법이 다를 거 아니냐 말이야."

"그렇지! 조선 민족에게 단기만 있고 정치적 통찰력이 부족하다는 게 드러나니 자존심인들 무슨 자존심이냐 말이지."

"과오 없이 어떻게 일하오? 레닌 같은 사람도 과오 없인 일 못한다고 했고 과오가 전혀 없는 사람은 일 안 하는 사람이라 한거요. 우리 자신이 깨달은 이상 이 미묘한 국제노선을 가장 효과적이게 계몽에 힘쓸 것뿐이오."

현서껀 회관에서 이런 이야기들을 하고 앉았을 때다. 이런 데는 어울리지 않는 웬 갓 쓴 노인이 들어선 것이다.

"오!"

현은 뛰어 마중 나갔다. 해방 이후, 현의 뜻 속에 있어 무시로 생각나던 김 직원의 상경이었다.

"직원님!"

"현 선생!"

"근력 좋으셨습니까?"

"좋아서 이렇게 서울 구경 왔소이다."

그러나 삼팔 이북에서라 보행과 화물자동

차에 시달리어 그런지 몹시 피로하고 쇠약해 보였다.

"언제 오셨습니까?"

"어제 왔지요."

"어디서 유허셨습니까?"

"참, 오는 길에 철원 들러, 댁에서들 무고하신 것 뵈왔지요. 매우 오시구 싶어들 합디다."

현의 가족들은 그간 철원으로 나왔을 뿐, 아직 서울엔 돌아오지 못하고 있는 것이었다.

"잘들 있으면 그만이죠."

"현 공이 그저 객지시게 다른 데 유헐 곳부터 정하고 오늘 찾어왔지요. 그래 얼마나들 수고허시오?"

"저이야 무슨 수고랄 게 있습니까? 이번에 누구보다도 직원님께서 얼마나 기쁘실까 허구 늘 한번 뵙구 싶었습니다. 그리구 그때 읍에 가셔선 과히 욕보시지나 않으셨습니까?"

"하마트면 상투가 잘릴 뻔했는데 다행히

모면했소이다."

"참 반갑습니다."

마침 점심때도 되고 조용히 서로 술회도 하고 싶어, 현은 김 직원을 모시고 어느 구석진 음식점으로 나왔다.

"현 공, 그간 많이 변허셨다구요?"

"제가요?"

"소문이 매우 변허셨다구들."

"글쎄요……."

현은 약간 우울했다. 현은 벌써 이런 경험이 한두 번째 아니기 때문이다. 해방 이전에는 막역한 지기여서 일조 유사한 때는 물을 것도 없이 동지일 것 같던 사람들이 해방 후, 특히 정치적 동향이 보수적인 것과 진보적인 것이 뚜렷이 갈리면서부터는 말 한두 마디에 벌써 딴사람처럼 서로 경원이 생기고 그것이 대뜸 우정에까지 거리감을 자아내는 것을 이미 누차 맛보는 것이었다.

"현 공?"

"네?"

"조선 민족이 대한 독립을 얼마나 갈망했소? 임시정부 들어서기를 얼마나 연연절절히 고대했소?"

"잘 압니다."

"그런데 어쩌자구 우리 현 공은 공산당으로 가셨소?"

"제가 공산당으로 갔다고들 그럽니까?"

"자자합디다. 현 공이 아모래도 이용당허는 거라구."

"직원님께서도 절 그렇게 생각허십니까?"

"현 공이 자진해 변했을는진 몰라, 그래두 남헌테 넘어갈 양반 아닌 건 난 알지요."

"감사헙니다. 또 변했단 것도 그렇습니다. 지금 내가 변했느니, 안 변했느니 하리만치 해방 전에 내가 제법 무슨 뚜렷한 태도를 가졌던 것도 아니구요. 원인은 해방 전엔 내 친구가 대부분이 소극적인 처세가들인 때문입니다. 나는 해방 후에도 의연히 처세만 하고 일하지 않는 덴 반댑니다."

"해방 후라고 사람의 도리야 어디 가겠소? 군자는 불처혐의간不處嫌疑間입넨다."

"전 그렇진 않습니다. 지금 이 시대에선 이 하李下에서라고 비뚤어진 갓(관)을 바로잡지 못하는 것은 현명이기보단 어리석음입니다. 처세주의는 저 하나만 생각하는 태돕니다. 혐의는 커녕 위험이라도 무릅쓰고 일해야 될, 민족의 가장 긴박한 시기라고 생각합니다."

"아모튼 사람이란 명분을 지켜야 헙니다. 우리가 무슨 공뢰 있소. 해외에서 일생을 우리 민족 위해 혈투해 온 그분들께 그냥 순종해 틀릴 게 조금도 없습넨다."

"직원님 의향 잘 알겠습니다. 그리고 저도 그분들께 감사하고 감격하는 건 누구헌테 지지 않습니다. 그러나 지금 조선 형편은 대외,

대내가 다 그렇게 단순치가 않답니다. 명분을 말씀허시니 말이지, 광해조 때 일을 생각해 보십시오. 임진란에 명의 구원을 받었지만, 명이 청태조에게 시달리게 될 때, 이번엔 명이 조선에 구원군을 요구허지 않었습니까?"

"그게 바루 우리 조선서 대의명분론이 일어난 시초요구려."

"임진란 직후라 조선은 명을 도와 참전할 실력은 전혀 없는데 신하들의 대의명분상, 조선이 명과 함께 망해버리는 한이라도 그냥 있을 순 없다는 것이 명분파요, 나라는 망하고 임군 노릇을 그만두드라도 여지껏 왜적에게 시달린 백성을 숨도 돌릴 새 없이 되짚어 도탄에 빠트릴 순 없다는 것이 택민파요, 택민론의 주창으로 몸소 폐위까지 한 것이 광해군 아닙니까? 나라들과 임군들 노름에 불쌍한 백성들만 시달려선 안 된다고 자기가 왕위를 폐리같이 버리면서까지 택민론을 주장한 광해군이,

나는, 백성들은 어찌 됐든지 지배자들의 명분만 찾던 그 신하들보다 몇 배 훌륭했고, 정말 옳은 지도자였다고 생각합니다. 그리고 또 의리와 명분이라 하드라도 꼭 해외에서 온 이들에게만 편향하는 이유는 어디 있습니까?"

"거야 멀리 해외에서 다년간 조국 광복을 위해 싸웠고 이십칠팔 년이나 지켜온 고절이 있지 않소?"

"저는 그분들의 풍상을 굳이 헐하게 알려는 것도 결코 아닙니다. 지역은 해외든, 해내든, 진심으로 우리를 위해 꾸준히 싸워온 이면 모두가 다 같이 우리 민족의 공경을 받아 옳을 것이고, 풍상이라 혈투라 하나, 제 생각엔 실상 악형에 피가 흐르고, 추위에 손발이 얼어빠지고 한 것은 오히려 해내에서 유치장으로 감방으로 끌려다니며 싸워온 분들이 몇 배 더했으리라고 생각합니다. 육체적 고초뿐이 아니었습니다. 정신적으로 매수하는 가지가지 유인과 협박도 한두 번이 아니어서, 해내에서 열 번을 찍히어도 넘어가지 않고 싸워낸 투사라면 나는 그런 어른이 제일 용타고 생각합니다."

"현 공은 그저 공산파만 두둔하시는군!"

"해내엔 어디 공산만 있었습니까? 그리고 이번에 공산당이 무산 계급 혁명으로가 아니라 민족의 자본주의적 민주 혁명으로 이내 노선을 밝혀논 것은 무엇보다 현명했고, 그랬기 때문에 좌우익의 극단적 대립이 원칙상 용허되지 않아서 동포의 분열과 상쟁을 최소한으로 제지할 수 있는 것은 조선 민족을 위해 무엇보다 다행한 일이라고 저는 생각합니다."

"난 그게 무슨 말씀인지 잘 못 알아듣겠소만 그저 공산당 잘못입넨다."

"어서 약주나 드십시다."

"우리야 늙은 게 뭘 아오만……."

김 직원은 술이 약한 편이었다. 이내 얼굴

에 취기가 돌며,

"어째 우리 같은 늙은 거기로 꿈이 없었겠소? 공산파만 가만 있어 주면 곧 독립이 될 거구, 임시정부 요인들이 다 고생허신 보람 있게 제자리에 턱턱 앉어 좀 잘 다스려주겠소? 공연히 서로 싸우는 바람에 신탁통치 문제가 생긴 것이오. 안 그렇고 무어요?"

하고 저윽 노기를 띤다. 김 직원은, 밖에서는 소련이, 안에서는 공산당이 조선 독립을 방해하는 것이라 하였다. 이렇게 역사적, 또는 국제적인 견해가 없이 단순하게, 독립 전쟁을 해 얻은 해방으로 착각하는 사람에겐 여간 기술로는 계몽이 불가능하고, 현 자신에겐 그런 기술이 없음을 깨닫자 그저 웃는 낯으로 음식을 권했을 뿐이다.

김 직원은 그 이튿날도 현을 찾아왔고 현도 그다음 날은 그의 숙소로 찾아갔다. 현이 찾아간 날은,

"어째 당신넨 탁치받기를 즐기시오?"

하였다.

"즐기는 게 아닙니다."

"그러면 즐겁지 않은 것도 임정에서 반탁을 허니 임정에서 허는 건 덮어놓고 반대하기 위해서 나중엔 탁치꺼지를 지지헌단 말이지요?"

"직원님께서도 상당히 과격허십니다그려."

"아니, 다산 목숨이 그러면 삼국 외상헌테 매수돼서 탁치 지지에 잠자코 끌려가야 옳소?"

"건 좀 과하신 말씀이구! 저는 그럼, 장래가 많어서 무엇에 팔려서 삼상회담을 지지허는 걸로 보십니까?"

그 말에는 대답이 없으나 김 직원은 현의 태도에 그저 못마땅한 눈치만은 노골화하면서 있었다. 현은 되도록 흥분을 피하며, 우리 민족의 해방은 우리 힘으로가 아니라 국제 사정의 영향으로 되는 것이니까 조선 독립은 국제성의 지배를 벗어날 수 없는 것, 삼상회담의 지지는 탁치 자청이나 만족이 아니라 하나는 자본주의 국가요 하나는 사회주의 국가인 미국과 소련이 그 세력의 선봉들을 맞댄 데가 조선이라 국제간에 공개적으로 조선의 독립과 중립성이 보장되어야지, 급히 이름만 좋은 독립을 주어놓고 소련은 소련대로, 미국은 미국대로, 중국은 중국대로 정치 경제 모두가 미약한 조선에 지하 외교를 시작하는 날은, 다시 이조 말의 아관파천식의 골육상쟁과 멸망의 길밖에 없다는 것, 그러니까 모처럼 얻은 자유를 완전 독립에까지 국제적으로 보장되는 길을 택할 수밖에 없다는 것, 이 왕조의 대한이 독립 전쟁을 해서 이긴 것이 아닌 이상, '대한' '대한' 하고 전제 제국 시대의 회고감으로 민중을 현혹시키는 것은 조선 민족을 현실적으로 행복되게 지도하는 태도가 아니라는 것, 지금 조선을 남북으로 갈라 진주해 있는 미국과 소련은 무엇으로 보나 세계에서 가장 실제적인 국가들인 만치, 조선 민족은 비실제적인 환상이나 감상으로가 아니라 가장 과학적이요, 세계사적인 확실한 견해와 준비가 없이는 그들에게 적정한 응수를 할 수 없다는 것, 현은 재주껏 역설해보았으나 해방 이전에는, 현 자신이 기인여옥이라 예찬한 김 직원은, 지금에 와서는, 돌과 같은 완강한 머리로 조금도 현의 말을 이해하려 하지 않고, 다만, 같은 조선 사람인데 '대한'을 비판하는 것만 탐탁지 않았고, 그것은 반드시 공산주의의 농간이라 자가류의 해석을 고집할 뿐이었다.

그 후 한동안 김 직원은 현에게 나타나지 않았다. 현도 바쁘기도 했지만 더 김 직원에게 성의도 나지 않아 다시는 찾아가지도 못하였다.

 탁치 문제는 조선 민족에게 정치적 시련으로 너무 심각한 것이었다. 오늘 '반탁' 시위가 있으면 내일 '삼상회담지지' 시위가 일어났다. 그만 군중은 충돌하고, 지도자들 가운데는 이것을 미끼로 정권 싸움이 악랄해 갔다. 결국, 해방 전에 있어 민족 수난의 십자가를 졌던 학병들이, 요행 죽지 않고 살아온 그들 속에서, 이번에도 이 불행한 민족 시련의 십자가를 지고 말았다.

 이런 우울한 하루였다. 현의 회관으로 김 직원이 나타났다. 오늘 시골로 떠난다는 것이었다. 점심이나 같이 자시러 나가자 하니 그는 전과 달리 굳게 사양하였고, 아래층까지 따라 내려오는 것도 굳게 막았다. 전날 정리로 보아 작별만은 하러 들렀을 뿐, 현의 대접이나 인사는 긴치 않게 여기는 듯하였다.

 "언제 서울 또 오시렵니까?"

"이런 서울 오고 싶지 않소이다. 시굴 가서도 그 두문동 구석으로나 들어가겠소."

하고 뒤도 돌아다보지 않고 분연히 층계를 내려가고 마는 것이었다. 현은 잠깐 멍청히 섰다가 바람도 쏘일 겸 옥상으로 올라왔다. 미국군의 지프가 물매미 떼처럼 서물거리는 사이에 김 직원의 흰 두루마기와 검은 갓은 그 영자 너무나 표표함이 있었다. 현은 문득 청조 말의 학자 왕국유의 생각이 났다. 그가 일본에 와서 명곡에 대한 강연이 있을 때, 현도 들으러 간 일이 있는데, 그는 청나라식으로 도야지 꼬리 같은 편발을 그냥 드리우고 있었다. 일본 학생들은 킬킬 웃었으나, 그의 전조(前朝)에 대한 충의를 생각하고 나라 없는 현은 눈물이 날 지경으로 왕국유의 인격을 우러러보았었다. 그 뒤에 들으니, 왕국유는 상해로 갔다가, 북경으로 갔다가, 아무리 헤매어도 자기가 그리는 청조의 그림자는 스러만 갈 뿐이므로,

'녹수청산부증개綠水靑山不曾改, 우세창태석수간雨洗蒼苔石獸間'을 읊조리고는 편발 그대로 곤명호에 빠져 죽었다는 것이었다. 이제 생각하면, 청나라를 깨트린 것은 외적이 아니라 저희 민족, 저희 인민의 행복과 진리를 위한 혁명으로였다. 한 사람 군주에게 연연히 바치는 뜻갈도 갸륵한 바 없지 않으나 왕국유가 그 정성, 그 목숨을 혁명을 위해 돌리었던들, 그것은 더 큰 인생의 뜻이요 더 큰 진리의 존엄한 목숨일 수 있었을 것 아닌가? 일제 시대에 그처럼 구박과 멸시를 받으면서도 끝내 부지해 온 상투 그대로, '대한'을 찾아 삼팔선을 모험해 한양성에 올라왔다가 오늘, 이 세계사의 대사조 속에 한 조각 티끌처럼 아득히 가라앉아 가는 김 직원의 표표한 뒷모양을 바라볼 때, 현은 왕국유의 애틋한 최후를 연상하지 않을 수 없었다.

바람이 아직 차나 어딘지 부드러운 벌써 봄바람이다. 현은 담배를 한 대 피우고 회관으로 내려왔다. 친구들은 '프로예맹'과의 합동도 끝나고 이번엔 '전국문학자대회' 준비로 바쁘고들 있었다.

돌다리

정거장에서 샘말 십 리 길을 내려오노라면 반이 될락 말락 한데서부터 샘말 동네보다는 그 건너편 산기슭에 놓인 공동묘지가 먼저 눈에 뜨인다.

창섭은 잠깐 걸음을 멈추고까지 바라보았다.

봄에 올 때 보면, 진달래가 불붙듯 피어 올라가는 야산이다. 지금은 단풍철도 지나고 누르테테한 가닥나무들만 묘지를 둘러, 듣지 않아도 적막한 버스럭 소리만 울릴 것 같았다. 어느 것이라고 집어낼 수는 없어도, 창옥의 무덤이 어디쯤이라고는 짐작이 된다. 창섭은 마음으로 '창옥아' 불러보며 묵례를 보냈다.

다만 오뉘뿐으로 나이가 훨씬 떨어진 누이였었다. 지금도 눈에 선하다. 자기가 마침 방학으로 와 있던 여름이었다. 창옥은 저녁 먹다 말고 갑자기 복통으로 뒹굴었다. 읍으로 뛰어 들어가 의사를 청해왔다. 의사는 주사를 놓고 들어갔다. 그러나 밤새도록 열은 내리지 않았고 새벽녘엔 아파하는 것도 더해갔다. 다시 의사를 데리러 갔으나 의사는 바쁘다고 환자를 데려오라 하였다. 하라는 대로 환자를 데리고 들어갔으나 역시 오진을 했었다. 다시 하루를 지나 고름이 터지고 복막이 절망적으로 상해버린 뒤에야 겨우 맹장염인 것을 알아낸 눈치였다.

그때 창섭은, 자기도 어른이기만 했으면 필시 의사의 멱살을 들었을 것이었다. 이런, 누이의 허무한 죽음에서 창섭은 뜻을 세워, 아버지가 권하는 고농高農을 마다하고 의전醫專으로 들어갔고, 오늘에 이르러는, 맹장 수술로는 서울서도 정평이 있는 한 권위가 된 것이다.

'창옥아, 기뻐해 다구. 이번에 내 병원이 좋은 건물을 만나 커지는 거다. 개인 병원으론 제일 완비한 수술실이 실현될 거다! 입원실 부족도 해결될 거다. 네 사진을 크게 확대해 내 새 진찰실에 걸어노마…….'

창섭은 바람도 쌀쌀할 뿐 아니라 오후 차로 돌아가야 할 길이라 걸음을 재우쳤다.

길은 그전보다 넓어도 졌고 바닥도 평탄하였다. 비나 오면 진흙에 헤어날 수 없었는데 복판으로는 자갈이 깔리고 어떤 목은 좁아서 소바리가 논으로 미끄러져 들어가기 십상이었는데 바위를 갈라내어서까지 일매지게 넓은 길로 닦아졌다. 창섭은, '이럴 줄 알았더면 정거장에서 자전거라도 빌려 타고 올걸' 하였다.

눈에 익은 정자나무 선 논이며 돌각담을

두른 밭들도 나타났다. 자기 집 논과 밭들이었다. 논둑에 선 정자나무는 그전부터 있은 것이나 밭에 돌각담들은 아버지께서 손수 쌓으신 것이다.

창섭의 아버지는 근검으로 근방에 소문난 영감이다. 그러나 자기 대에 와서는 밭 하루갈이도 늘쿠지는 못한 것으로도 소문난 영감이다. 곡식값보다는 다른 물가들이 높아졌을 뿐아니라 전대에는 모르던 아들의 유학이란 것이 큰 부담인 데다가,

"할아버니와 아버지께서 나를 부자 소린 못 들어도 굶는단 소린 안 듣고 살도록 물려주시구 가셨다. 드럭드럭 탐내 모아선 뭘 허니, 할아버니께서 쇠똥을 맨손으로 움켜다 넣시던 논, 아버지께서 멍덜을 손수 이룩하신 밭을 더 건 논으로 더 기름진 밭이 되도록, 닦달만 해가기에도 내겐 벅찬 일일 게다."

하고 절용해 쓰고 남는 돈이 있으면 그 돈

으로는 품을 몇씩 들여서까지 비뚠 논배미를 바로잡기, 밭에 돌을 추려 바람막이로 담을 두르기, 개울엔 둑막이하기, 그러다가 아들이 의사가 된 후로는, 아들 학비로 쓰던 몫까지 들여서 동네 길들은 물론, 읍 길과 정거장 길까지 닦아놓았다. 남을 주면 땅을 버린다고 여간 근실한 자국이 아니면 소작을 주지 않았고, 소를 두 필이나 메고 일꾼을 세 명씩이나 두고 적지 않은 전답을 전부 자동으로 버티어왔다. 실속이 타작만 못하다는 둥, 일꾼 셋이 저희 농사 해가지고 나간다는 둥 이해만을 따져 비평하는 소리가 많았으나 창섭의 아버지는 땅을 위해서는 자기의 이해만으로 타산하려 하지 않았다. 이와 같은 임자를 가진 땅들이라 곡식은 거둔 뒤 그루만 남은 논과 밭이되, 그 바닥들의 고름, 그 언저리들의 바름, 흙의 부드러움이 마치 시루떡 모판이나 대하는 것처럼 누구의 눈에나 탐스럽게 흐뭇해 보였다.

이런 땅을 팔기에는, 아무리 수입은 몇 배 더 나은 병원을 늘쿠기 위해서나 아버지께 미안하지 않을 수 없었다. 그러나 잡히기나 해가지고는 삼만 원 돈을 만들 수가 없었고, 서울서 큰 양관을 손에 넣기란 돈만 있다고도 아무 때나 될 일이 아니었다.

 '아버지께선 내년이 환갑이시다! 어머니께선 겨울이면 해마다 기침이 도지신다. 진작부터 내가 모셔야 했을 거다. 그런데 내가 시굴로 올 순 없고, 천생 부모님이 서울로 가시어야 한다. 한동네서도 땅을 당신만치 못 거둘 사람에겐 소작을 주지 않으셨다. 땅 전부를 소작을 내어맡기고는 서울 가 편안히 계실 날이 하루도 없으실 게다. 아버님의 말년을 편안히 해드리기 위해서도 땅은 전부 없애버릴 필요가 있는 거다!'

 창섭은 샘말에 들어서자 동구에서 이내 아버지를 뵐 수가 있었다. 아버지는, 가에는 살얼음이 잡힌 찬물에 무릎까지 걷고 들어서서 동네 사람들을 축추겨 돌다리를 고치고 계시었다.

"어떻게 갑재기 오느냐?"

"네 좀 급히 여쭤봐야 할 일이 생겼습니다."

"그래? 먼저 들어가 있거라."

동네 사람 수십 명이 쇠고삐 두 기장은 흘러 내려간 다릿돌을 동아줄에 얽어 끌어 올리고 있었다. 개울은 동네 복판을 흐르고 있어 아래위로 징검다리는 서너 군데나 놓였으나 하룻밤 비에도 일쑤 넘치어 모두 이 큰 돌다리로 통행하던 것이었다. 창섭은 어려서 아버지께 이 큰 돌다리의 내력을 들은 것이 아직도 기억에 남아 있다.

"너이 증조부님 돌아가시어서다. 산소에 상돌을 해 오시는데 징검다리로야 건네올 수가 있니? 그래 너이 조부님께서 다리부터 이렇게 넓구 튼튼한 돌루 노신 거란다."

그 후 오륙십 년 동안 한 번도 무너진 적이 없었는데 몇 해 전 어느 장마엔 어찌 된 셈인지 가운데 제일 큰 장이 내려앉아 떠내려갔던 것이다. 두께가 한 자는 실하고 폭이 여섯 자, 길이는 열 자가 넘는 자연석 그대로라 여간 몇 사람의 힘으로는 손을 댈 엄두부터 나지 못하였다. 더구나 불과 수십 보 이내에 면의 보조를 얻어 난간까지 달린 한다한 나무다리가 놓인 뒤에 일이라 이 돌다리는 동네 사람들에게 완전히 잊혀진 채 던져져 있던 것이었다.

집에 들어가니, 어머니는 다리 고치는 사람들 점심을 짓느라고, 역시 여러 명의 동네 여편네들과 허둥거리고 계시었다.

"웬일인데 어째 혼자만 오느냐?"

어머니는 손자 아이들부터 보이지 않음을 물으신다.

"오늘루 가야겠어서 아무두 안 데리구 왔

습니다."

"오늘루 갈 걸 뭘허 오누?"

"인전 어머니서껀 서울로 모셔 갈 채빌 허러 왔다우."

"서울루! 제발 아이들허구 한데서 살아봤음 원이 없겠다."

하고 어머니는 땅보다, 조상님들 산소나 사당보다 손자 아이들에게 더 마음이 끌리시는 눈치였다. 그러나 아버지만은 그처럼 단순히 들떠질 마음이 아니었다.

아버지는 아들의 뒤를 쫓아 이내 개울에서 들어왔다. 아들은, 의사인 아들은, 마치 환자에게 치료 방법을 이르듯이, 냉정히 차근차근히 이야기를 시작하였다. 외아들인 자기가 부모님을 진작 모시지 못한 것이 잘못인 것, 한집에 모이려면 자기가 병원을 버리기보다는 부모님이 농토를 버리시고 서울로 오시는 것이 순리인 것, 병원은 나날이 환자가 늘어가나 입원실이 부족되어 오는 환자의 삼분지 일밖에 수용 못 하는 것, 지금 시국에 큰 건물을 새로 짓기란 거의 불가능의 일인 것, 마침 교통 편한 자리에 삼층 양옥이 하나 난 것, 인쇄소였던 집인데 전체가 콘크리트여서 방화 방공으로 가치가 충분한 것, 삼층은 살림집과 직공들의 합숙실로 꾸미었던 것이라 입원실로 변장하기에 용이한 것, 각층에 수도 가스가 다 들어온 것, 그러면서도 가격은 염한 것, 염하기는 하나 삼만 이천 원이라, 지금의 병원을 팔면 일만 오천 원쯤은 받겠지만 그것은 새 집을 고치는 데와, 수술실의 기계를 완비하는데 다 들어갈 것이니 집값 삼만 이천 원은 따로 있어야 할 것, 시골에 땅을 둔대야 일 년에 고작 삼천 원의 실리가 떨어질지 말지 하지만 땅을 팔아다 병원만 확장해 놓으면, 적어도 일 년에 만 원 하나씩은 이익을 뽑을 자신이 있는 것, 돈만 있으면 땅은 이담에라도, 서울 가까이라도 얼마

든지 좋은 것으로 살 수 있는 것…… 아버지는 아들의 의견을 끝까지 잠잠히 들었다. 그리고,

"점심이나 먹어라. 나두 좀 생각해 봐야 대답허겠다."

하고는 다시 개울로 나갔고, 떨어졌던 다릿돌을 올려놓고야 들어와 그도 점심상을 받았다.

점심을 자시면서였다.

"원, 요즘 사람들은 힘두 줄었나 봐! 그 다리 첨 놀 제 내가 어려서 봤는데 불과 여남은이서 거들던 돌인데 장정 수십 명이 한나잘을 씨름을 허다니!"

"나무다리가 있는데 건 왜 고치시나요?"

"너두 그런 소릴 하는구나. 나무가 돌만 허다든? 넌 그 다리서 고기 잡던 생각두 안 나니? 서울루 공부 갈 때 그 다리 건너서 떠나던 생각 안 나니? 시쳇사람들은 모두 인정이란 게 사람헌테만 쓰는 건 줄 알드라! 내 할아버

니 산소에 상돌을 그 다리로 건네다 모셨구, 내가 천잘 끼구 그 다리루 글 읽으러 댕겼다. 네 어미두 그 다리루 가말 타구 내 집에 왔어. 나 죽건 그 다리루 건네다 묻어라…… 난 서울 갈 생각 없다."

"네?"

"천금이 쏟아진대두 난 땅은 못 팔겠다. 내 아버님께서 손수 이룩허시는 걸 내 눈으로 본 밭이구, 내 할아버님께서 손수 피땀을 흘려 모신 돈으로 장만하신 논들이야. 돈 있다고 어디가 느르지 논 같은 게 있구, 독시장 밭 같은 걸 사? 느르지 논둑에 선 느티나문 할아버님께서 심으신 거구, 저 사랑마당엣 은행나무는 아버님께서 심으신 거다. 그 나무 밑에 설 때마다 난 그 어룬들 동상이나 다름없이 경건한 마음이 솟아 우러러보군 헌다. 땅이란걸 어떻게 일시 이해를 따져 사구 팔구 허느냐? 땅 없어봐라, 집이 어딨으며 나라가 어딨는 줄 아니? 땅이란 천지만물의 근거야. 돈 있다구 땅이 뭔지두 모르구 욕심만 내 문서 쪽으로 사 모기만 하는 사람들, 돈놀이처럼 변리만 생각허구 제 조상들과 그 땅과 어떤 인연이란 건 도시 생각지 않구 헌신짝 버리듯 하는 사람들, 다 내 눈엔 괴이한 사람들루밖엔 뵈지 않드라."

"……"

"네가 뉘 덕으루 오늘 의사가 됐니? 내 덕인 줄만 아느냐? 내가 땅 없이 뭘루? 밭에 가 절하구 논에 가 절해야 쓴다. 자고로 하눌 하눌 허나 하눌의 덕이 땅을 통하지 않군 사람헌테 미치는 줄 아니? 땅을 파는 건 그게 하눌을 파나 다름없는 거다."

"……"

"땅을 밟구 다니니까 땅을 우섭게들 여기지? 땅처럼 응과가 분명헌 게 무어냐? 하눌은 차라리 못 믿을 때두 많다. 그러나 힘들이는 사람에겐 힘들이는 만큼 땅은 반드시 후헌

보답을 주시는 거다. 세상에 흔해빠진 지주들, 땅은 작인들헌테나 맡겨버리구, 떡 도회지에 가 앉어 소출은 팔어다 모다 도회지에 낭비해버리구, 땅 가꾸는 덴 단돈 일 원을 벌벌 떨구, 땅으루 살며 땅에 야박한 놈은 자식으로 치면 후레자식 셈이야. 땅이 말을 할 줄 알어봐라? 배가 고프단 땅이 얼마나 많을 테냐? 해마다 걷어만 가구, 땅은 자갈밭이 되니 아나? 둑이 떠나가니 아나? 거름 한 번을 제대로 넣나? 정 급허게 돼 작인이 우는소리나 해야 요즘 너이 신의들 주사침 놓듯, 애꿎인 금비 (약품 비료)만 갖다 털어 넣지. 그렇게 땅을 홀댈 허군 인제 죽어서 땅이 무서서 어디루들 갈텐구!"

창섭은 입이 얼어버리었다. 손만 부비었다. 자기의 생각은 너무나 자기 본위였던 것을 대뜸 깨달았다. 땅에는 이해를 초월한 일종 종교적 신념을 가진 아버지에게 아들의 이단적인 계획이 용납될 리 만무였다. 아버지는 상을 물리고도 말을 계속하였다.

"너루선 어떤 수단을 쓰든지 병원부터 확장허려는 게 과히 엉뚱헌 욕심은 아닐 줄두 안다. 그러나 욕심을 부련 못쓰는 거다. 의술은 예로부터 인술이라지 않니? 매살 순탄하게 진실허게 해라."

"……."

"네가 가업을 이어나가지 않는다군 탄허지 않겠다. 넌 너루서 발전헐 길을 열었구, 그게 또 모리지배의 악업이 아니라 활인허는 인술이구나! 내가 어떻게 불평을 말허니? 다만 삼사 대 집안에서 공들여 이룩해 논 전장을 남의 손에 내맡기게 되는 게 저윽 애석헌 심사가 없달 순 없구……."

"팔지 않으면 그만 아닙니까?"

"나 죽은 뒤에 누가 거두니? 너두 이제두 말했지만 너두 문서 쪽만 쥐구 서울 앉아 지주 노릇만 허게? 그따위 지주허구 작인 틈에서 땅들만 얼말 곯는지 아니? 안 된다. 팔 테다. 나 죽을 임시엔 다 팔 테다. 돈에 팔 줄 아니? 사람헌테 팔 테다. 건너 용문이는 우리 느르지 논 같은 건 한 해만 부쳐보구 죽어두 농군으로 태났던 걸 한허지 않겠다구 했다. 독시장 밭을 내논다구 해봐라, 문보나 덕길이 같은 사람은 길바닥에 나앉드라두 집을 팔아 살려구 덤빌 게다. 그런 사람들이 땅임자 안 되구 누가 돼야 옳으냐? 그러니 아주 말이 난 김에 내 유언이다. 그런 사람들 무슨 돈으로 땅값을 한몫 내겠니? 몇몇 해구 그 땅 소출을 팔아 연년이 깊어나가게 헐 테니 너두 땅값을랑 그렇게 받어갈 줄 미리 알구 있거라. 그리구 네 모가 먼저 가면 내가 묻을 거구, 내가 먼저 가게 되면 네 모만은 네가 서울루 그때 데려가렴. 난 샘말서 이렇게 야인으로나 죄 없는 밥을 먹다 야인인 채 묻힐 걸 흡족히 여긴다."

"……."

"자식의 젊은 욕망을 들어 못 주는 게 애비 된 맘으루두 섭섭허다. 그러나 이 늙은이헌테두 그만 신념쯤 지켜오는 게 있다는 걸 무시하지 말어다구."

아버지는 다시 일어나 담배를 피우며 다리 고치는 데로 나갔다. 옆에 앉았던 어머니는 두 눈에 눈물을 쭈루루 흘리었다.

"너이 아버지가 여간 고집이시냐?"

"아뇨, 아버지가 어떤 어룬이신 건 오늘 제가 더 잘 알았습니다. 우리 아버진 훌륭헌 인물이십니다."

그러나 창섭도 코허리가 찌르르하였다. 자기가 계획하고 온 일이 실패한 것쯤은 차라리 당연하게 생각되었고, 아버지와 자기와의 세계가 격리되는 일종의 결별의 심사를 체험하는 때문이었다.

아들은 아버지가 고쳐놓은 돌다리를 건너

저녁차를 타러 가버리었다. 동구 밖으로 사라지는 아들의 뒷모양을 지키고 섰을 때, 아버지의 마음도, 정말 임종에서 유언이나 하고 난 것처럼 외롭고 한편 불안스러운 심사조차 설레었다.

아버지는 종일 개울에서 허덕였으나 저녁에 잠도 달게 오지 않았다. 젊어서 서당에서 읽던 백낙천의 시가 다 생각이 났다. 늙은 제비 한 쌍을 두고 지은 노래였다. 제 배 속이 고픈 것은 참아가며 입에 얻어 문 것은 새끼들부터 먹여 길렀으나, 새끼들은 자라서 나래에 힘을 얻자 어디로인지 저희 좋을 대로 다 날아가 버리어, 야위고 늙은 어버이 제비 한 쌍만 가을바람 소슬한 추녀 끝에 쭈그리고 앉았는 광경을 묘사하였고, 나중에는, 그 늙은 어버이 제비들을 가리켜, 새끼들만 원망하지 말고, 너희들이 새끼 적에 역시 그러했음도 깨달으라는 풍자의 시였다.

"흥……!"

노인은 어두운 천장을 향해 쓴웃음을 짓고 날이 밝기를 기다려 누구보다도 먼저 어제 고쳐놓은 돌다리를 보러 나왔다.

흙탕이라고는 어느 돌 틈에도 남아 있지 않았다. 첫 곬으로도, 가운뎃 곬으로도 끝엣 곬으로도 맑기만 한 소담한 물살이 우쭐우쭐 춤추며 빠져 내려갔다. 가운뎃장으로 가 쾅 굴러 보았다. 발바닥만 아플 뿐 끄떡이 있을 리 없다. 노인은 쭈루루 집으로 들어와 소금 접시와 낯수건을 가지고 나왔다. 제일 낮은 받침돌에 내려앉아 양치를 하고 세수를 하였다. 나중에는 다시 이가 저린 물을 한입 물어 마시며 일어섰다. 속에 모든 게 씻기는 듯 시원하였다. 그리고 수염의 물을 닦으며 이렇게 생각하였다.

'비가 아무리 쏟아져도 어떤 한정을 넘는 법은 없다. 물이 분수없이 늘어 떠내려갔던 게 아니라 자갈이 밀려 내려와 물구멍이 좁아졌든지, 그렇지 않으면, 어느 받침돌의 밑이 물살에 궁굴러 쓰러졌던 그런 까닭일 게다. 미리 바닥을 치고 미리 받침돌만 제대로 보살펴 준다면 만년을 간들 무너질 리 없을 게다. 그저 늘 보살펴야 허는 거다. 사람이란 하눌 밑에 사는 날까진 하루라도 천리에 방심을 해선 안 되는 거다…….'

토끼 이야기

현은 잠이 깨자 눈을 부비기 전에 먼저 머리맡부터 더듬었다. 사기대접에서 밤샌 숭늉은 얼음에 채운 맥주보다 오히려 차고 단 듯하였다. 문득 전에 서해가, 이제 현도 술이 좀 늘어야 물맛을 알지 하던 생각이 난다.

'지금껏 서해가 살았던들, 술맛, 물맛을 같이 한번 즐겨볼 것을! 그가 간 지도 벌써 십 년이 넘는구나!'

현은 사지를 쭈욱 뻗어 기지개를 켜고 파리 나는 천장을 멀거니 쳐다본다.

〈중외〉 때다. 월급날이면, 그것도 어두워서

야 영업국에서 긁어 오는 돈 백 원 남짓한 것을 겨우 삼 원씩, 오 원씩 나누어 들고, 그거나마 인력거를 불러 타고 호로를 내리고 나서기 전에는, 문밖에 진을 치고 빵 장수, 쌀장수, 양복점원들에게 털리고 말던 그 시절이었다. 현은 다행히 독신이던 덕으로 이태나 견뎠지만, 어머님을 모시고, 아내와 자식과 더불어 남의 셋방살이를 하던 서해로서는, 다만 우정과 의리를 배불리는 것만으로 가족들의 목숨까지를 지탱시켜 나갈 수는 없었다.

"난 〈매신〉으로 가겠소. 가끔 원고나 보내우. 현도 아무리 독신이지만 하숙빈 내야 살지 않소."

현은 그 후 〈중외〉에 있으면서 실상 〈매신〉의 원고료로 하숙집 마누라의 입을 막으려고 공연히 시간만 빼앗기던 것, 내 공부나 착실히 하리라 하고, 서해가 쓰라는 대로 잡문을 쓰고 단편도 얽어 하숙비를 마련하는 한편, 학생 때에 멋모르고 읽은 태서 대가들의 명작들을 재독하는 것부터 일과를 삼았었다. 그러나 사람은 조금만 틈이 생겨도 더 큰 욕망에 눈이 트였다. '공연히 남까지 데려다 고생을 시켜?' 하는 반성이 한두 번 아니었으나, 결국 직업도 없이, 집 한 칸 없이, 현은 허턱 장가를 들어놓았다. 제 한 몸 이상을 이끌어나간다는 것은 확실히 제 한 몸 전신으로 힘을 써야 할 짐이었다. 공부고 예술이고 모두 제이, 제삼이 되어버렸다. 배운 도적질이라 다시 신문사밖에는 때를 쓸 데가 없었다. 다행히 첫아이를 낳기 전에 월급은 제대로 나오는 〈동아〉에 한자리를 얻어, 또 신문소설이라도 한옆으로 써내는 기술을 가져, 그때만 해도 한 평에 이삼 원씩이면 살 수가 있었으니 전차에서 내려 이십 분이나 걷기는 하는 데지만 우선은 집 걱정을 면할 작정으로 오막살이가 묻어오는 이백여 평의 터를 샀고, 그 후 부로 편입이 되고 땅 시세가

오르는 바람에 터전 반을 떼어 팔아 넉넉히 십여 칸 기와집 한 채를 짓게까지 되었다.

'인전 집은 쓰고 앉았으니 먹구 입을 걸……'

현의 아내는 살림에 재미가 나는 듯하였다. 재봉틀 월부를 끝내고, 간이보험을 들고, 유성기도 이웃집에서 샀다는 말을 듣고 그 이튿날로 월부로 맡아 오더니, 이제는 한 걸음 나아가 현이 어쩌다 소리판을 한둘 사 들고 와도,

"그건 뭣하러 삼 원씩 주고 사오, 음악이 밥 주나! 그런 돈 날 좀 줘요."

하였고, 여름이면 현은 패스 덕이긴 하지만 혼자만 싸다니는 것이 미안하여 한 이십 원 만 들어다 아이들 데리고 가까운 인천이라도 하루 다녀오라고 주면, 아침에는 인천까지 갈 채비로 나섰다가도 고작 진고개로 가로새어 백화점 식당에나 들어갔다가는, 냄비, 주전자, 찻종, 그런 부엌세간을 사서 아이들에게까지

들려가지고 들어오기가 일쑤였다.

　이 현의 아내는 바로 이들 집에서 고개 하나 넘어 있는 M 여전 문과 출신이다. 오막살이에서나마 처음에는 창마다 유리를 끼우고, 꽃무늬의 커튼을 드리우고, 벽에는 밀레의 〈안젤루스〉를 걸고, 아침저녁으로 화분을 가꾸었다. 때로는 잠든 어린것 옆에서 〈조슬랭의 자장가〉도 불렀고, 책장에서 비단 뚜껑 한 책을 뽑아다 브라우닝을 읊기도 하였다. 아이가 둘이 되면서부터, 그리고 그 흔한 건양사 집들이 좌우전후에 즐비하게 들어앉는 것을 보면서부터는 모교가 가까워 동무들이 자주 찾아오는 것을 도리어 싫어하였고 어서 오막살이를 헐고 번듯한 기와집을 지어보려는 설계에 파묻히게 되었다. 〈안젤루스〉에 먼지가 앉거나 말거나, 화초분이 말라 시들거나 말거나, 그의 하루는 그것들보다 더 절박한 것으로 '프로'가 꽉 차지는 것 같았다.

현은 일 년에 하나씩은 신문소설을 썼다. 현의 야심인즉 신문소설에 있지 않았다. 단편 하나라도 자기 예술욕을 채울 수 있는 창작에 자기를 기르며 자기를 소모시키고 싶었다. 나아가서는 아직 지름길에서 방황하는 이곳 신문학을 위해 그 대도로 들어설바 교량이 될 만한 대작이 그의 은근한 본원이기도 했다. 인물의 좋은 이름 하나가 생각나도 적어두어 아꼈고, 영화에서 성격 좋은 배우 하나를 보아도 그의 사진을 찢어 모아두었다.

그러나 머릿속에서 구상만으로 해를 묵을 뿐, 결국 붓을 들기는 몰아치는 대로 몰아쳐질 수는 있는 신문소설뿐이었다.

현의 신문소설이 시작되면 독자보다는 현의 아내가 즐거웠다. 외상값 밀린 것이 풀리고 단행본으로 나와 중판이나 되면 뜻하지 않은 목돈에 가끔 집안이 윤택해지기 때문이다.

'그러나 나도 소위 불혹지년이란 게 낼모

레가 아닌가? 밤낮 이것만 허다 까부러질 건가? 눈 뜨면 사로 가고, 사에 가선 통신번역이나 허고…… 고작 애를 써야 신문소설이나 되고…….'

현의 비장한 결심이 그렇지 않아도 굳어질 무렵인데 〈동아〉가 〈조선〉과 함께 고스란히 폐간이 되는 것이었다.

명랑하라, 건실하라, 시대는 확성기로 외친다. 현은 얼떨떨하여 정신을 수습할 수 없는 데다, 며칠 저녁째 술에 취해 돌아왔던 것이다.

밤잔숭늉에 내단內丹이 씻긴 듯 속은 시원하였으나 골치는 그저 무겁다.

'술이 좀 늘어야 물맛을 알지…… 흥, 신문사 십 년에 냉수 맛을 알게 된 것밖에는 게 무언고?'

다시 숭늉 그릇을 이끌어 왔으나 찌꺼기뿐이다. 부엌 쪽 벽을 뚝뚝 울려 아내를 불렀다.

"기껀 주무셌수?"

"물 좀."

아내는 선선히 나가 물을 떠가지고 와 앉는다. 앉더니 물을 자기가 마시기나 한 것처럼 목을 길게 빼며 선트림을 한다. 아내는 벌써 숨이 가빠하는 것이다. 한 딸, 두 아들이어서 꼭 알맞다고 하던 것이 다시 네 번째의 임신인 것이다.

"나 당신한테 할 말 있어요."

평시에 잔소리가 없는 만치 현의 아내는 가끔 이런 투로 현의 정색을 요구하였다.

"요즘 당신 심경 나두 모르진 않우. 그렇지만 당신 벌써 사흘째 내리 술 아뉴?"

이마를 찌푸린 채 더부룩한 머리를 쓸어 넘긴다.

"술 먹구 잊어버릴 정도의 거면 애당초에…… 우리 여자들 눈엔 조선 남자들 그런 꼴처럼 메스껍구 불안스런 건 없습디다. 술루 심평이 피우? 또 작게 봐 제 가정으루두 어디 당신들 사내 하나뿐유? 처자식 수두룩허니 두구, 직업두 인전 없구, 신문소설 쓸데두 인전 없구…… 왜 정신 바짝 채리지 않구 그류?"

현은 듣기 싫어 소리를 치고 다시 이불을 뒤집어썼으나, 또 반동적으로 이날도, 그 이튿날도 곤죽이 되어 들어왔으나, 사실 아내의 말에 찔리기도 하였거니와 저 혼자 취한다고 세상이 따라 취하는 것도 아니요 저 혼자나마도 언제까지나 취할 수도 없는 것이었다.

현은 아내의 주장대로 그 송장의 주머니에서 턴 것 같은, 가슴이 섬뜩한 퇴직금이지만 그것을 밑천으로 토끼를 기르기로 한 것이다.

뉘네 집에서는 처음 단 두 마리를 사 온 것이 일 년이 못 돼 오십 평 마당에 어떻게 주체할 수 없도록 퍼졌고, 뉘 집에서는 이백 원을 들여 시작했는데 이태가 못 되어 매월 평균 칠팔십 원 수입이 있다는 것을 현의 아내가 직접

목격하고 와서 하는 말이었고, 토끼 기르는 책을 얻어다 주어 현은 하루저녁으로 독파를 하니, 토끼를 기르기에는 날마다 붙잡히는 일이기는 하나 날마다 신문소설을 써대는 것보다는 마음의 구속은 적을 것 같았고, 신문소설을 쓰면서는 본격 소설에 손을 댈 새가 없었으나, 토끼를 기르면서는 넉넉히 책도 읽고 십 년에 한 편이 되더라도 저 쓰고 싶은 소설에 착수할 여력도 있을 것 같았다. 이런 것은 시대가 메가폰으로 소리쳐 요구하는 명랑하고 건실한 생활일 수도 있는 점에 현은 더욱 든든한 마음으로 토끼 치기를 결심하였다. 그리고 우선 아내의 뒤를 따라 아내와 동창이라는, 이백 원을 들여 지금은 매달 칠팔십 원씩을 수입한다는 집부터 견학을 나섰다.

그 집 바깥주인은 몇 해 전에 〈동아〉에서도 사진을 이 단으로나 낸 적이 있고, 그의 연주회 주최를 다른 사와 맹렬히 다투기까지 하던,

한때 이름 높던 피아니스트였다. 피아니스트답지는 않게 거칠고 풀물이 시퍼런 손으로 현의 부처를 맞아주었다. 마당엔 들어서기가 바쁘게 두엄 내보다는 노릿한 내가 더 나는 훗훗한 냄새가 풍겨 나왔다. 목욕탕에 옷 벗어 넣는 궤처럼 여러 층, 여러 칸으로 된 토끼집이 작은 고층 건물을 이루어 한편 마당을 둘러 있었다. 칸칸이 새하얀 토끼들이 두 귀가 빨족하니 앉아 연분홍 눈을 굴리며 입을 오물거린다. 현은 집에 아이들 생각이 났다. 동화의 세계다. 아동문학을 하는 이에게 적당한 부업같이도 생각되었다. 현 부처는 피아니스트 부처에게서 양토 경험담을 두 시간이나 듣고 보고, 더욱 굳어지는 자신으로 돌아왔다. 와서는 곧 광주 가네보 양토부로 제일 기르기 쉽다는 메리켄으로 이십 마리를 주문하였다. 곧 목수를 데려다 토끼장을 짰다. 토끼장이 끝나기도 전에 '오늘 토끼를 부쳤다'는 전보가 왔다. 현은 아이들을 데리고 산으로 가 풀과 아카시아 잎을 뜯어 왔다. 두부 장수에게 비지도 맡겼다. 수분 있는 사료만으로는 병이 나는 법이라 해서 건조 사료도 주문하였다. 사흘 만에 이 작고 귀여운 현의 집 새 식구 이십 명은 천장을 철사로 얽은 궤짝에 담겨 한 명도 탈 없이 찾아들었다. 그들은 더위에 할락거리기는 하면서도 그저 궤짝 속이 저희 안도인 듯, 밖을 쳐다보는 일이 없이 태연히 주둥이들만 오물거렸다. 자연의 한 동물이라기보다 시험관 속에서 된 무슨 화학물 같았다. 아이들과 아내는 즐기며 끄르며 덤볐으나, 현은 뒤에 물러서서 그 작은, 그 귀여운, 그리고 박꽃처럼 희고 여린 동물에게다 오륙 명의 거센 인생의 생계를 계획한다는 것을 생각할 때 확실히 죄스럽고 수치스럽기도 하였다.

    아무튼 토끼가 와서부터 현은 잠시도 쉴 새가 없었다. 먹이를 주고 다음 먹이의 준비까지 되어 있으면서도 얼른 손을 씻고 방으로 들어와지지가 않았다. 토끼장 앞으로 어정어정하는 동안 다시 다음 먹이 시간이 되고, 다시 그다음 먹이를 준비해야 되고 장안을 소제해야 되고, 현은 저녁이나 되어야 자기의 시간으로 돌아올 수가 있었다.

차츰 밤 긴 가을이 깊어졌다. 워낙 구석진 데라 더구나 저녁에는 찾아오는 친구가 별로 없었다. 현은 저녁만이라도 홀로 조용히 등을 밝히고 자기의 세계를 호흡하는 것이 즐거웠다. 십 년 전, 독신일 때 하숙집에서 재독하기 시작했던 태서 명작을 다시금 음미하는 것도 즐거웠고, 등불을 멀찍이 밀어놓고 책장을 살피며 근대의 파란중첩한, 인류의, 문화의, 문학의 뭇 사조의 물결을 더듬으며, 한 새 사조가 부딪치고 지나갈 때마다 이 귀퉁이 저 귀퉁이 부스러뜨리기만 해오던 장편의 구상을 계속해 보는 것도 얼굴이 달도록 즐거움이었다.

많지는 못한 장서나마 현은 한가히 책장을 쳐다볼 때마다 감개무량하기도 하였다. 일목천고一目千古의 감을 느끼는 것이다. 새 책은 날마다 나온다. 또 새 책은 날마다 헌책이 된다. 한때는 인류사상의 최고봉인 듯이 그 앞에는 불법佛法도 성전聖典도 무색하던 것이 이제는 그 책의 뚜껑 빛보다도 내용이 앞서 퇴색해 버리고 말았다. 그 뒤에 오는 다른 새것, 또 그 뒤를 따른 다른 새것들, 책장 한 층에만도 사조는 두 시대, 세 시대가 가지런히 꽂혀있는 것이다.

'지나가 버린 낡은 사조의 유물들! 희생된 것은 저 책들뿐인가? 저 저자들뿐인가? 저 책들과 저 저자들뿐이라면 인류는 이미 얼마나 복된 백성들이었으랴만, 인류는 언제나 보다 나은 새 질서를 갈망해 헤매지 않으면 안 되었다.'

새 사조가 지나갈 때마다 많으나 적으나, 또 그전 것을 위해서나 새것을 위해서나 반드시 희생자는 났다. 그 사조가 거대한 것이면 거대한 그만치 넓은 발자취로 인류의 일부를 짓밟고 지나갔다. 생각하면 물질문명은 사상의 문명이기도 하다. 한 사상의 신속한 선전은 또 한 사상의 신속한 종국을 가져오기도 한다. 예전 사람들은 일생에 한 번이나 겪을지 말지 한 사상의 난리를 현대인은 일생 동안 얼마나 자주 겪어야 하는가. 청의 시인 이초二樵가 일신수생사一身數生死 했음은, 정히 현대의 우리를 가르침이라라 하고, 현은 몇 번이나 책장을 바라보며 쓴웃음을 지었다.

'일신수생사! 사상은 짧고 인생은 길고…….'

토끼는 듣던 바와 같이 빠르게 번식해 갔다. 스무 마리가 아카시아잎이 단풍 들 무렵엔 사십여 마리가 되어 북적거린다. 토끼장도 다시 한 오십 마리 치를 늘리려 재목까지 사들이는 때다. 문제가 일어났다. 먹이의 문제다. 풀과 아카시아잎의 저장을 충분히 할 수 없어 비지와 건조 사료에 오히려 믿는 바 컸었는데 두부 장수가 가끔 거른다. 오는 날도 비지를, 소위 실적의 반도 못가져온다. 건조 사료도 선금과 배달비까지 후히 갖다 맡겼는데도 오지 않는다. 콩이 잘 들어오지 않아 두부 생산이 줄은 것, 그러니 두부 대신 비지 먹는 사람이 늘은 것, 그러니 비지는 두부보다도 더 귀해진 셈이다. 건조 사료란 잡곡의 겨인데 무슨 곡식이나 칠분도 내지 오분도로 찧으니 겨가 나올 리 없다. 알고 보니 최근까지의 건조 사료란 전년의 재고품이었던 것이다. 현의 아내는 동분서주하였으나, 토끼는커녕 닭을 치던 집에서들까지 닭을 팔고, 닭의 우리를 허는 판이었다.

현의 아내는 억울한 일을 당할 때처럼 며칠이나 얼굴이 붉어있었으나 결국 토끼를 기름으로서의 생계는 단념하는 수밖에 없었다.

토끼를 헐값이라도 치우기 시작하였다. 그러나 가죽이면 얼마든지 일시에 처분할 수가 있으나 산 것 채로는 어디서나 먹이가 문제라 길이 막혔다. 사십여 마리를 일시에 죽이자니 집안이 일대 도살장이 되어야 한다. 한꺼번에 사십여 마리의 가죽을 쟁을 쳐 말릴 널판도 없거니와 단 한 마리라도 칼을 들고 껍질을 벗길 위인이 없다. 현은 남자면서도 닭의 멱 하나 따 본 적이 없고, 현의 아내 역시, 한번은, 오막살이집 때인데, 튀하기는 한 닭 한 마리를 사 왔더니 닭의 흘겨 뜬 죽은 눈이 무서워 신문지로 덮어놓고야 썰던 솜씨였다. 더 늘리지나 말고 오래 걸리더라도 산 채로 처분하는 수밖에 없었다. 산 채로 처분하자니 팔리는 날까지는 어떻게 해서나 굶겨 죽이지는 않아야 한다. 부드러운 풀은 벌써 거의 없어진 때다. 부엌에서 나오는 것은 무청뿐이요, 밖에서 얻을 수 있는 것은 클로버도 며칠 안 있으면 된서리를 맞을 즈음인데 하루는 현의 아내가 그의 모교인 M 여전 운동장이 클로버투성이인 것을 생각해 냈다. 그길로 고개를 넘어 모교에 다녀오더니, 학교에서는 해마다 사람을 사서 뽑는데도 당할 수가 없어 잔디를 버릴까 봐 걱정이니 제발 뜯어라도 가라는 것이라 한다. 현은 입맛을 쩍쩍 다시다가 '당신이 가기 싫음 내가 가리다. 오륙이 멀쩡해 가지구 미물이라두 기르던 걸 굶겨 죽여야 옳우?' 하는 아내의 위협에 아내가 홀몸도 아닌 때라, 또 다른 곳도 아니요, 저희 모교 마당에 가서 토끼 밥을 뜯고 앉아 있는 정상이 어째 정도 이상으로 가긍하게 머릿속에 떠올라, 그만 대팻밥모자를 집어 쓰고 동저고리 바람인 채 고무신을 끌고, 막 학교에서 돌아오는 큰 녀석에게까지 다래끼를 하나 둘러메어 가지고 고개를 넘어 M 여전으로 왔다.

    운동장에는 과연 잔디와 클로버가 군데군데 반반 정도로 대진이 되어 있었다.

'나야 이렇게 동저고리 바람에 농립을 눌러썼으니 누가 알아볼라구…… 또 알아본들 현 아무개란 하상…….'

하학이 된 듯 운동장에는 과년한 여학생들이 설명하니 다리들을 드러내고 발리볼을 던지기도 하고 자전거를 타고 돌기들도 한다. 현은 남의 집 안마당에 들어서는 것 같은 어색함을 느꼈으나 수긋하고 한번 여가리에 물러앉아 클로버를 뜯기 시작하였다.

"아버지?"

"왜?"

아들애는 아직 우두커니 서서 언덕 위에 장엄하게 솟은 교사의 여학생들이 자전거 타는 것만 바라보고 있었다.

"우리 엄마두 여기 학교 나왔지?"

"그럼…… 어서 이 시퍼런 풀이나 뜯어……."

이 아버지와 아들의 짧은 대화를 학생 두

엇이 알아들은 듯,

"얘, 너이 엄마가 누군데?"

하며 가까이 온다. 현의 아들애는 코만 훌쩍하고 돌아선다. 현은 힐끗 아들을 쳐다본다. 그 쳐다보는 눈이, 가끔 집에서 '떠들면 안 돼' 하던 때 같다. 아들애는 잠자코 제 다래끼를 집어다 클로버를 뜯기 시작한다.

"이거 뜯어다 뭘 허니?"

"토끼 메게요."

"토끼! 너이 집서 토끼 치니?"

"네."

학생들은 저희도 뜯어서 현의 아들 다래끼에 담아준다.

"너이들 뭣 허니?"

현의 등 뒤에서 다른 학생들 한 떼가 몰려든다. 현은 자기까지 아울러 '너이들'로 불려지는 것같이 화끈해진다.

"우린 요쓰바 찾는다누."

딴은 그들은 토끼 밥을 뜯어주기 위해서가 아니라 저희들 '행복'을 찾기 위해서였다.

"나두, 나두……."

그들은 모이를 본 새 떼처럼 클로버에 몰려 앉는다. 현은 수굿하고 다른 쪽을 향해 뜯어나가며, 자기의 아내도 한때는 브라우닝의 시집을 끼고 이 운동장 언저리를 거닐다가 저렇게 목마르듯 '행복의 요쓰바'를 찾아보았으려니, 그 '행복의 요쓰바'와 함께 푸른 하늘가에 떠오르던 그의 '영웅'은 오늘 이 마당에 농립을 쓰고 앉아 토끼 밥을 뜯는 사나이는 결코 아니었으려니, 이런 생각에 혼자 쓴침을 삼켜보는데 무엇이 궁둥이를 툭 때린다. 넓은 마당에 까르르 웃음이 건너간다. 현의 각도로 섰던 발리볼 선수 하나가 볼을 놓쳐버렸던 것이다.

현은 다음 날 오후에도 큰 녀석을 데리고 M 여전 운동장으로 왔다. 클로버는 아직도 한 댓새 더 뜯어 갈 수가 있었다. 그러나 이날이 마지막이게 이날 밤에 된서리가 와버린 것이다. 현의 아내는 마침 김장 때라 무청과 배추 우거지를 이 집 저 집서 모아들였다. 그러나 그것도 잠시 한철이었다. 현은 생각다 못해 한두 마리씩이라도 없애보려 대학병원에 그리 친하지도 못한 의사 한분을 찾아가 보았다. 십여 년째 대는 사람이, 그도 요즘은 한두 마리씩 더 갖다 맡겨 걱정이라는 것이었다. 현은 대학병원에서 돌아오는 길에 어느 책사에 들렀다. 양토법에 관한 책에는 토끼의 도살법까지도 씌어 있기 때문이다. 전에 아내가 빌려온 책에서는 그만 기르는 법만 읽고 돌려보낸 것이다.

토끼를 죽이는 법, 목을 졸라 죽이는 법, 심장을 찔러 피를 뽑아 죽이는 법, 물에 담가 죽이는 법, 귀를 잡고 어느 다리를 어떻게 잡아당겨 죽이는 법, 동맥을 잘라 죽이는 법, 그리고 귀와 귀사이의 골을 망치로 서너 번 때리면 오체를 바르르 떨다가 죽게하는 법, 이렇게 여섯 가지나 씌어 있었다.

　현은 먼지 낀 책을 도로 제자리에 꽂고 주인의 눈치를 엿보며 얼른 책사를 나와 집으로 돌아왔다.

　오는 길로, 옷을 갈아입는 길로, 토끼 한 놈을 꺼냈다. 묵직하고, 포근하고, 따뜻하고, 뻐들컹거리고, 눈을 똘망거리고…… 교미기가 지난 놈들이라 새끼 때의 화학물감化學物感 박꽃감은 인전아니요, 놓기는커녕 웬만큼 서투르게만 붙잡아도 뻐들컹하고 튕겨져 산으로 치달을 것만 같은 '짐승'이다.

　현은 단단히 앙가슴과 뒷다리를 움켜쥐고 마루로 왔다. 딸년이 방에서 나오다가 소리를 친다.

　"얘들아, 아버지가 토끼 꺼냈다!"

　큰 녀석 작은 녀석이 마저 뛰어나온다.

　"왜 그류, 아버지?"

"병낫수?"

"마루에 가둬, 우리 가지구 놀게."

"이뻐서 그류, 아버지?"

딸년은 제 손에 들었던 빵 쪽을 토끼의 입에다 갔다 댄다. 토끼는 수염을 쭝긋거리더니 빵 쪽을 물어 떼려 한다. 현은 잠자코 아까 책사에서 본 여섯 가지 방법을 생각해 낸다.

"왜 그류, 아버지?"

"가, 저리들."

현은 그제야 소리를 꽥 질렀다. 아내가 부엌에서 나온다. 현은 아내의 해산달이 멀지 않았음을 깨닫는다. 현은 등솔기에 오싹함을 느끼며 토끼를 다시 안고 뒤껻으로 왔다. 아내가 따라오며 그역시 왜 그러느냐고 묻는다.

"뭣허러 아이처럼 따라댕겨?"

아내는 얼른 물러나지 않는다. 현은 도로 토끼를 갖다 넣고 만다. 암만 생각하여도 그 목을 졸라 쥐고, 뻐들적거리는 것을 이기느라고 같이 힘을 쓰며 뒤집어쓰는 눈을 내려다보고 숨이 끊어지기를 기다리는 노릇, 현은 그 목을 졸라 죽이는 법에 자신이 생기지 못한다. 심장이 어디쯤이라고 그 폭신한 가슴을 더듬어 송곳을 들이박기는, 남의 주사침 맞는 것도 제대로 보지 못하는 현으로는 더욱 불가능한 일이요, 쥐처럼 덫 속에 든 것도 아닌 것을 물속에 끌어넣기나, 귀와 다리를 붙잡고 척추가 끊어지도록 잡아늘리는 것이나, 그 어린아이처럼 따스하고 발랑거리는 목에서 동맥을 싹둑 잘라놓는 것이나, 자꾸 돌아보는 것을 앞으로 숙여놓고 망치로 뒤통수를 때리는 것이나 현으로는 생각할수록 소름이 끼치고, 지금 아내의 배 속에 들어 있는, 마치 토끼 형상으로 꼬부리고 있을 태아를 위해 이런 짓은 생각만으로도 죄를 받을 것만 같았다.

    김장철이 지나가자 토끼 먹이는 더욱 귀해

서 사람도 먹기 힘든 두부와 캐비지로 대는데 하루에 일 원 사오십 전씩 나간다. 이렇게 서너 달만 먹인다면 그담에는 토끼 오십 마리를 한목 판다하여도 먹잇값밖에는 나올 게 없다. 서너 달 뒤에 가서는 토끼 문제뿐만 아니다. 토끼 때문에 이럭저럭 사오백 원이 부서졌고, 김장하고 장작 두 마차 들이고 퇴직금 봉지엔 십 원짜리 서너 장이남았을 뿐이다.

'어떻게 살 건가?'

어느 잡지사에서 단편 하나 써달란 지가 오래다. 독촉이 서너 차례나 왔다. 단돈 십 원 벌이라도 벌이라기보다, 단편 하나라도 마음 편히 앉아 구상해 보기는 다시 틀렸으니 종이만 펴놓을 수 있으면 어디서고 돌아앉아 쓰는 게 수다. 하루는 있는 장작이라 우선 사랑에 군불을 뜨뜻이 지피고, '이놈의 토끼 이야기나 써보리라' 하고 들어앉아 서두를 찾느라고 망설이는 때였다.

"여보, 어디 계슈?"

하는 아내의 찾는 소리가 난다. 내다보니 얼굴이 종잇장처럼 해쓱해진 아내는 두 손이 피투성이다.

"응!".

"물 좀 떠줘요."

"웬 피유?"

아내의 표정을 상실한 얼굴은 억지로 찡기어 웃음을 짓는다. 피투성이 두 손은 부들부들 떤다. 현의 아내는 식칼을 가지고 어떻게 잡았는지, 토끼 가죽을 두 마리나 벗겨놓은 것이다. 현은 머리칼이 쭈뼛 솟았다.

"당신더러 누가 지금 이런 짓 허래우?"

"안 힘 어떡허우? 태중은 뭐 지냈수? 어서 손 씻게 물 좀 떠놔요."

하고 아내는 토끼털과 선지피가 엉킨 두 손을 쩍 벌려 내민다. 현의 머릿속은 불현듯, 죽은 닭의 눈을 신문지로 가려놓고야 썰던 아내의 그전 모습이 지나친다. 콧날이 찌르르하며 눈이 어두워졌다.

피투성이의 쩍 벌린 열 손가락, 생각하면 그것은 실상 자기에게 물을 요구하는 것이 아니었다. 현은 펄썩 주저앉을 듯이 먼 산마루를 쳐다보았다. 산마루엔 구름만 허옇게 떠 있었다.

농군

(이 소설의 배경 만주는 그전 장작림 정권 시대임을 말해둔다.)

1

 봉천행 보통 급행 삼등실, 내리는 사람보다 타는 사람이 더 많다. 세면소에는 물도 떨어졌거니와 거기도 기대고, 쭈크리고, 모두 자기 체중에 피로한 사람들로 빼곡하다. 쳐다보면 시렁도 그뜩, 가죽 가방, 헝겊 보따리, 신문지에 꾸린 것, 새끼에 얽힌 소반, 바가지 쪽, 어떤 것은 중심이 시렁 끝에 겨우 걸치어 급한 커브나 돌아간다면 밑엣 사람 정수리를 내려치기 알맞다.

차는 사리원을 지나 시뻘건 진흙 평야를 달린다. 한쪽 창에는 해가 뜨겁다. 북으로 달릴수록 벌써 초겨울의 풍경이긴 하나 훅훅 찌는 사람내 속에 종일 앉았는 얼굴엔 햇볕까지 받기에 진땀이 난다.

개다리소반에 바가지 쪽들이 차가 쿵쿵거리는 대로 들썩거리는 시렁 밑이다.

"뜨겁죠, 할아버지? 이걸 내립시다."

스물두셋 된 청년, 움푹한 눈시울엔 땀이 흥건하다.

"그냥 둬…… 뜨건 게 낫지. 밖을 볼 수 있어야지."

할아버지는 찌적찌적한 눈을 슴벅거리면

서 담뱃대를 내어 희연을 담는다. 두어 모금 빨더니 자기 담배 연기에 기침이 시작된다. 멎을 듯 멎을 듯, 이 노인의 등이 굽은 것은 이 기침병 때문인듯하다. 땀을 쭉 빼더니 겨우 진정하고 이내 담배를 털어 고무신으로 밟아버린다.

"그리게 아버님 담밸 끊으셔야 한 대두."

맞은편에 끼여 앉아 걱정하는 아낙네도 머리가 반백은 되었다.

"거 윤풍언이 차에서 피라구 한 봉지 사주게…… 망헐 눔의 기침, 물이나 갈아 먹음 원 어떨지……."

똑 수염이 염소 같은 턱은 그저 후들후들 떨면서 햇볕 뜨거운 창밖을 머르레 내다본다.

"흙두 되운 뻘겋다. 저기서 곡식이 돼?"

"뻘겋기만 허지 돌이야 어딨에요? 한새울 겉이 돌 많은 눔으데가 어딨에요. 우리 동네니깐 떠나기 안됐지, 농토야 한 자리 탐날게 있나요?"

하며 청년도 눈을 찌푸리며 창밖을 내다본다.

"우리 가는 덴 흙이 댓진 같대지?"

"한 댓—핸 거름 않구두 조 이삭 하내 개 꼬리만큼씩 수그러진대니까요."

"채심이가 거짓말야 했겠니……."

영감은 창에서 물러나더니 군입을 쩍—쩍 다신다.

"거 웃골 서깟은 괜히 팔았느니라."

"또 아버닌!"

하고, 청년에겐 어머니요 노인에겐 며느리인 듯한 아낙네가 노인의 말문을 막는다.

"글쎄 할아버지두 되풀일 허심 뭘 허세요? 묘자리가 백이문 뭘 해요. 여간 사람 아니군 허갈 맡아야 쓰잖어요?"

"몰래두 잘들만 쓰더라 원."

하고 노인은 수그리더니 침을 퉤 뱉는다. 그리고 들릴락 말락 하게 혼잣말처럼 지껄인다.

"그저 난 병만 들건 차에 얹어라…… 칠십 년이나 살던 델 두구 어디 가 묻히란 말이냐! 한새울 사람들이 아무 밭머리에구 나 하나 감장 안 해주겠니…….”

"아버닌 자계 생각만 하시는군! 쟤 아버진 뭐 묻구퍼 공동메다 묻었나…….”

하더니 아낙네는 여태 무릎 위에 얹었던 신문 뭉치를 펼친다. 팥알들이 꼬실꼬실 마른 시루떡 부스러기다. 파리가 와 붙은 대로 아들한테 내민다.

"싫수.”

"입두 짧기두 허지…… 너두 참, 배고프겠다.”

하고 이번엔 영감 옆에 앉은 처녀인지 색시인지 분간 못 할 젊은 여자에게 내어민다. 살결이 맑지는 않은데 햇볕을 못 본 얼굴인듯, 너리도 없는 이빨이 누렇게 보이도록 창백하다. 트레머리인지 쪽인지 손질은 많이 했으나 뒤룩

거린다. 갓 스물은 되었을까, 눈이 가늘고 이마가 도드라진 것이 약삭빠르게는 보인다. 시루떡을 집으러 오는 손이 새마다 짓물렀던 자리가 있다.

어떤 손가락 사이엔 아직도 붕산말 같은 가루약이 묻어 있다. 햇볕에 구릿빛으로 끄을은 노인, 아낙네, 청년, 이들과는 동떨어져 보인다. 그러나 한 일행이다.

무어라는 소리인지 차 안은 한쪽 끝에서부터 수선스러진다. 차장이 들어섰다. 차장이니 남의 어깨라도 넘어 헤치고 들어오며 차표 조사다. 이 청년은 이내 조끼에서 차표 넉 장을 내어든다.

차장 뒤에는 그냥 양복쟁이 하나가 뒷짐을 지고 넘싯넘싯 차장이 찍는 차표와 그 차표를 내인 승객을 둘러보며 따라온다. 차장은 청년의 손에서 넉 장 차표를 받아 말없이 찍기만 하고 돌려준다. 그런데 양복쟁이가 청년에게 손을 쑥 내미는 것이다. 청년은 조끼에 집어넣으려던 차표를 다시 내어주었다. 양복쟁이는 차표에서 장춘까지 가는 것을 알았을 터인데도,

"어디꺼정 가?"

묻는다.

"장춘꺼지요."

"차는 장춘꺼지지만 거기선?"

"네……"

청년은 손이 조끼로 간다. 만주 어느 지명 적은 것을 꺼내려는 눈치다.

"이리 좀 나와."

청년은 조끼에 손을 찌른 채 가족들을 둘러보며 일어선다. 가족들은 눈과 입이 다 뚱그레진다. 청년은 속으로 경관이거니는 하면서도,

"왜요 어디루요?"

맞서본다.

"오래니깐……."

청년은 양복쟁이의 흘긴 눈을 따라가는 수밖에 없다. 찻간 끝에 변소만 한 방, 차장의 붉은 기와 푸른 기가 놓인 책상, 그리고 양쪽에 걸상이 있었다.

"앉어…… 어…… 이름이 뭐?"

"윤창권입니다."

"쓸 줄 아나?"

"네."

창권은 손가락으로 책상 위에 '尹昌權'이라 써 보인다.

"원적은?"

"강원도 ××군……."

형사가 적는 대로 글자까지 불러준다.

"누구누군가? 젊은 여잔 아낸가?"

"네."

"어째 얼굴이 혼자 그렇게 하얀가?"

"공장에 가 있었습니다."

"무슨?"

"읍에 고치실 켜는 공장입니다."

"응, 방적 회사 말이로군?"

"네."

"늙은인?"

"조부님입니다."

"아버진?"

"안 계십니다."

"부인넨 어머닌가?"

"네."

"만주엔 누가 가 있나?"

"저이 동네서 한 삼 년 전에 간 황채심이란 이가 있습니다. 그 이가 늘 들어만 옴 농산 맘대루 질 수 있대서요. 그런데 조선 사람들만 한 삼십 가구 한데 뫼서 땅을 여러 백 섬지기 사기루 했다구요. 한 삼사백 원어치만 맡아두 대여섯 식군 걱정 없을 만치 논을 풀 수 있대요."

"황채심이…… 그자는 믿을 만헌가? 사람이?"

"네, 전에 동장두 지내구 저 댕긴 사립학교 선생님이더랬습니다."

"돈 얼마나 가지구 가나?"

"한 오백 원 됩니다."

"오백 원, 웬 건가?"

"밭허구 산허구 집서껀 판 겁니다."

"집두 있구 밭두 있으면 왜 고향서 안 살구 가는 거야?"

"밭이라구 모두 삼백이십 원 받은걸요. 조선서 삼백이십 원짜리 밭이나 가지군 살 수 있어야죠. 남의 소작도 해봤는데 땅 나쁜건 품값두……."

"듣기 싫여…… 아내가 벌었다며?"

"네, 돈 쓸 일은 걸루 다 메꿔나갔습죠. 그렇지만 밤낮 공장에만 갖다 둘 수 있습니까?"

마침 차가 꽤 큰 정거장에 머문다. 형사는

수첩을 집어넣더니, 쓰다 달단 말도 없이 차를 내린다.

"애 무슨 일이냐?"

어머니가 따라와 진작부터 서 있었던 것이다.

"괜찮아요. 으레 조사허는 건데요."

"글쎄 그래두……."

어머니와 아들은 뒤를 돌아보며 서로 이끌며 저희 자리로 돌아왔다.

2

이튿날 새벽, 차 속은 몹시 추웠다. 어제 조선에서처럼 자리가 붐비지는 않아 한 자리에 둘씩은 제대로 앉을 수가 있으나 다리를 뻗어 볼 도리는 없었다. 할아버지와 어머니가 한 자리에서 서로 마주 보듯 양편으로 기대어 입을 떡 벌리고 잠이 들었고, 맞은편 자리에서 창권이 양주는 진작부터 잠이 깨어 있었다.

"여기가 어딜까?"

"……"

남의 집에 가서 자고 깬 것처럼 차 안이 휑—한 게 서툴러 보인다. 자는 얼굴이기도 하지만 할아버지, 어머니, 다 남처럼 서먹해 보인다. 창권은 이웃집에 주고 온 강아지 생각이 문득 난다.

"몇 점이나 됐을까?"

"글쎄."

창권은 뒤틀어 기지개를 켜고 창장을 치밀고 밖을 내다본다. 동이 훤히 트기 시작한다.

"벌써 밝는데."

아내도 목을 길게 빼 내다본다.

"아무것두 뵈지 않네."

"인제 조꼼만 더 감 땅이 뵈겠지."

"밤새도록 왔으니 얼마나 멀어졌을까!"

둘이는 다시 눈을 감아본다. 몇 달을 간대도 다시 돌아갈 수 없을 만치 조선이 멀어진 것 같다.

"왜 벌써 깼어?"

하고 창권은 아내의 몸으로 바투 가 기대본다. 아내의 몸은 자기보다 한결 따스하게 느껴진다.

"공장에선 늘 이만때 깨던걸 뭐."

아내가 공장에서 나와버렸을 때는 집을 팔아버리고 동넷집 단칸방 하나를 빌려 임시로 들어 있을 때였다. 아내와 몸 운기라도 같이 통해보는 것은 달포 만이다. 만주로 간대야 쉽사리 저희 내외만의 방을 가져볼 것 같지 않다.

"가문 집은 어떡허우?"

"봐야지…… 아무케나 서너 간 세야겠지."

"겨울 안으루 질 수 있을까?"

"그럼."

"말르나 벽이?"

"그래두 살게 마련이겠지."

창권은 아내의 손을 꽉 잡아보고 놓는다. 아내는 눈물이 글썽해진다.

창권은 다시 창밖을 주의해 내다본다. 시커멓던 유리창에 희끄무레하게 떠오르는 안개, 그 안개 속에서 다시 떠오르는 땅, 창권이네게는 새 세상의 출현이다. 어룽어룽 누비 바탕 같은 것이 지나간다. 그 어룽이는 차츰차츰 밭이랑으로 변한다. 밭이랑은 까마득하게 끝이 없다.

"밭들 봐! 야……!"

아내도 또 다가와 내다본다.

"아이, 벌판이 그냥 밭이죠!"

어쩌다 버드나무가 대여섯씩 모여 서고 거기엔 무덤인지 두엄가리인지 한둘씩 있을 뿐, 그냥 내처 밭이다.

"저렇게 넓구야 거름을 낼래 낼 수 있어!"

"저걸 어떻게 다 갈까!"

"젠―장 저기 뿌리는 씨알만 해두!"

"그리게 말유!"

지붕 낯선 이곳 사람들의 부락이 지나간다. 길에는 푸른 옷 입은 사람들이 나타나기 시작한다. 멀―거니 서서 지나가는 차를 구경하는 것이겠지만 창권이 내외에겐 이상히 무서워 보인다. '밭이 암만 많음 어쨌단 말야? 다 우리 임자 있어. 뭐러 오는 거야?' 하고 흘겨보는 것만 같다.

창권은 허리띠 밑으로 손을 넣어 전대를 더듬어본다.

3

장쟈워푸姜家窩柵, 눈이 모자라게 찾아보아

야 한두 집, 두세 집, 서로 눈이 모자랄 거리로 드러난다. 이런, 어느 두세 집이 중심이 되어 장쟈워푸란 동네 이름이 생겼는지 알 수 없다. 산은커녕 소 등허리만 한 언덕도 없다. 여기 와 개간권 운동을 해가지고 황무지를 사기 시작하는 조선 사람들도 처음에는 어디를 중심으로 하고 집을 지어야 할지 몰랐으나 차차 자기네의 소유지가 생기자 그 땅 한쪽에 흙을 좀 돋우고 돌 하나 없는 바닥에다 돌 주추 하나 없이 청인에게서 백양목 따위 생나무를 사다가 네 귀 기둥만 세우면 흙으로 쌓아 올리는 것이, 근 삼십 호 늘어앉게 된 것이다. 그래서 이제는 장쟈워푸라면 이 조선 사람들 동네가 중심이 되었다.

    창권이네가 온 데도 여기다. 창권이네도 중국옷을 입은 황채심이가 시키는 대로 황무지를 십오 상(약 삼만 평)을 삼백 원을 내고 샀다. 그리고 이십 리나 가서 밭머리에 선 백양목을 사서 찍어다 부엌을 중심으로 하고 양쪽에다 캉(걸어앉을 정도로 높은 온돌)을 만들었다. 그리고 채심이가 시키는 대로 좁쌀을 열 포대, 옥수수 가루를 다섯 포대 사고, 소금을 몇 말 사고, 겨우내 땔 조기장, 수수 따위의 곡초를 산더미처럼 두어 낟가리 사서 쌓고, 공동으로 사 온 볍씨값을 내고, 봇도랑을 이퉁허伊通河란 내에서 삼십 리나 끌어오는 데 쿨리 (그곳 노동자) 삯전으로 삼십 원을 부담하고 그러고는 빈손으로 날마다 봇도랑 째는 것이 일이 되었다.

깊은 겨울엔 땅속이 한 길씩 언다. 얼기 전에 삼십 리 대간선은 째어놓아야 내년 봄엔 물이 온다. 이것을 실패하면 황무지엔 잡곡이나 뿌릴 수밖에 없고, 그 면적에 잡곡이나 뿌려가지고는 그다음 해 먹을 수가 없다.

창권이넨 새로 와서 지리도 어둡고, 가역도 끝나기 전이라 동네에서 제일 가까운 구역을 맡았다. 한 삼 마장 길이 되는 대간선의 끝 구역이었다. 그것을 쿨리 다섯 명을 데리고, 너비 열두 자, 깊이 다섯 자로 얼기 전에 뚫어놔야 한다. 여간 대규모의 수리 공사가 아니다. 창권은 가역 때문에 처음 얼마 쿨리들만 시키었으나, 날이 자꾸 추워지는 것이 겁나 집일 웬만한 것은 어머니와 아내에게 맡기고 봇도랑 내는 데만 전력하였다.

쿨리들은 눈만 피하면 꾀를 피웠다. 우묵한 양지쪽에 앉아 이를 잡지 않으면 졸고 있었다. 빨리 하라고 소리를 치면 그들도 알아들을 수 없는 말로 마주 투덜대었다. 다행히 돌은 없으나 흙일은 변화가 없어 타박타박해 힘들고 지루했다.

이런 일이 반이나 진행되었을까 한 때다. 땅도 자꾸 얼어들어 일도 힘들어졌거니와 더 큰 문제가 일어났다. 이날도 역시 모두 제 구역에서 제가 맡은 쿨리들을 데리고 일을 하는데 쿨리들이 먼저 보고 둔덕으로 뛰어 올라가며 뭐라고 떠들어댔다. 창권이도 둔덕으로 올라서 보았다. 한편 쪽에서 갈가마귀 떼처럼 이곳 토민들이 수십 명씩 무더기가 져서 새까맣게 몰려오는 것이다.

"마적 떼 아닌가!"

그러나 말을 탄 사람은 하나도 없다. 그들은 더러는 이쪽으로 몰려오고 더러는 동네로 들어간다. 창권은 집안 식구들이 걱정된다. 삽을 든 채 집으로 뛰어 들어가다가 그들 한 패와 부딪쳤다. 앞을 턱 막아서더니 쭉 에워싼다. 까울리, 까울리방즈, 어쩌구 한다. 조선 사람이냐고 묻는 눈치다. 그렇다고 고개를 끄덕이니까 한 자가 버럭 나서며 창권이가 잡은 삽을 낚아챈다. 창권은 기운이 부쳐서가 아니라 얼떨결에 삽자루를 놓쳤다. 삽을 빼앗은 자는 삽을 번쩍 쳐들고 창권을 내려치려 한다. 창권은 얼굴이 퍼렇게 질려 뒤로 물러났다. 창권에게 발등을 밟힌 자가 창권의 등덜미를 갈긴다. 그러고는 일제 깔깔 웃어댄다. 삽을 들었던 자도 삽을 휘휘 두르더니 밭 가운데로 팽개쳐 버린다. 그러고는 창권의 멱살을 잡고 봇도랑 내는 데로 끄는 것이다.

　창권은 꼼짝 못 하고 끌렸다. 뭐라고 각기 제대로 떠들고 삿대질이더니 창권을 봇도랑 바닥에 고꾸라뜨린다. 창권이뿐 아니라 봇도랑 일을 하던 쿨리들도 붙들어 가지고 힐난이다. 봇도랑을 못 내게 하는 모양이다. 그러자 윗구역에서, 또 그 윗구역에서 여깃말 할 줄 아는 조선 사람들이 내려왔다. 동리에서도 조선 사람들이 소리를 지르며 나타났다. 창권은 눈이 째지게 놀랐다. 윗구역에서 내려오는 조선 사람 하나가 괭이를 둘러메고 여기 토민들 몰켜 선 데로 뭐라고 여깃말로 호통을 치면서 그냥 닥치는대로 찍으려 덤벼드는 것이다. 몰켜 섰던 토민들은 와— 흩어져 버린다. 창권을 둘러쌌던 패들도 슬금슬금 물러선다. 동리에서는 조선 부인네들 몇은 식칼을 들고 낫을 들고 달려들 나오는 것이다. 낫과 식칼을 보더니 토민들은 제각기 사방으로 흩어져 달아난다. 창권은 사지가 부르르 떨렸다.

'여기선 저럭해야 사나 부다! 아니, 이 봇도랑은 우리 목줄이 아니고 뭐냐!'

아까 등덜미를 맞고 멱살을 잡히고 한 분통이 와락 터진다. 다리오금이 날갯죽지처럼 뻗는다.

"덤벼라! 우린 여기서 못 살면 죽긴 마찬가지다!"

달아나는 녀석 하나를 다우쳤다. 뒷덜미를 낚아챘다. 공중걸이로 나가떨어진다. 또 하나 쫓아가는데 뒤에서 어머니의 목소리가 난다. 어머니가 달려오며 붙든다.

이 장쟈워푸를 수십 리 둘러 사는 토민들이 한 덩어리가 되어 조선 사람들이 봇동 내는 것을 반대하는 것이었다.

반대하는 이유는 극히 단순한 것이었다. 봇동을 내어 논을 풀면 그 논에서 나오는 물이 어디로 가느냐였다. 방바닥 같은 들이라 자기네 밭에 모두 침수가 될 것이니 자기네는 조선 사람들 때문에 농사도 못 짓고 떠나야 옳으냐는 것이다. 너희들도 그 물을 끌어다 벼농사를 지으면 도리어 이익이 아니냐 해도 막무가내였다. 자기넨 벼농사를 지을 줄도 모르거니와 이밥을 못 먹는다는 것이다. 고소하지도 않을 뿐 아니라 배가 아파진다는 것이다. 그럼 먹지는 못하더라도 벼를 장춘으로 가지고 가 팔면 잡곡을 몇 배 살 돈이 나오지 않느냐? 또 벼농사를 지을 줄 모르면 우리가 가르쳐줄 터이니 그대로 해보라고 하여도 완강히 반대로만 나가는 것이었다. 그리고 조선 사람이 칼이나 낫으로 덤비면 저희에게도 도끼도 몽둥이도 있다는 투로 맞서는 것이다.

  조선 사람들은 일을 계속하기가 틀렸다.

쿨리들이 다 달아났다. 땅이 자꾸 얼었다. 삼동 동안은 그냥 해토되기만 기다리는 수밖에 없고, 해토가 된다 하여도 조선 사람들의 힘만으로는, 못자리는 우물물로 만든다 치더라도, 모낼 때까지 봇물을 끌어오게 될지 의문이다.

 그러나 이 봇동 이외에 달리 살길은 없다. 겨울 동안에 황채심과 몇몇 이곳 말 잘하는 사람들은 나서 이웃 동네들을 가가호호 방문하였다. 봇동을 낸다고 물을 무제한으로 끌어오는 것이 아니요, 완전한 장치로 조절한다는 것과 조선서는 봇물이 오면 수세를 내면서까지 받을 논으로 만든다는 것과 여기서도 한 해만 지어보면 나도 나도 하고 물이 세가 나게 될 것과 우리가 벼농사 짓는 법도 가르쳐주고, 벼만 지어놓으면 팔기는 우리가 나서 주선해 줄 것이니 그것은 서로 계약을 해도 좋다고까지 역설하였으나 하나같이 쇠귀에 경 읽기였다. 뿐만 아니라 어떤 동네에선 사나운 개를 내세워 가까이 오지도 못하게 하였다.

 조선 사람들은 지칠 대로 지치고 악만 남았다.

 추위는 하루같이 극성스럽다. 더구나 늦게 지은 창권이네 집은 벽이 모두 얼음장이 되었다. 그냥 견딜 수가 없어 방 안에다 조짚을 엮어 둘러쳤다. 석유도 귀하거니와 불이 날까 보아 등잔도 별로 켜지 못했다. 불 안 켜는 밤이면 바람 소리는 더 크게 일어났다.

 창권이 할아버지는 물을 갈아 먹어 낫기는커녕 추위 때문에 기침이 더해졌다. 장근 두 달을 밤을 새더니 그만 자리보전을 하고 눕고 말았다. 하 추우니까 인젠 조선 나가는 차에까지 내다 실어달라는 성화도 못 하고 그저 불만 자꾸 더 때달라다가, 또 머루를 달여 먹으면 기침이 좀 멎는 법인데, 머루만 좀 구해 오라고 아이처럼 조르다가, 섣달 그믐을 못 채우고 눈보라 제일 심한 날 밤, 함경도 사투리 하는 노인, 경상도 사투리 하는 노인, 평안도 사투리 하는 이웃 노인들에게 싸여, 오래간만에 돋워 놓은 석유등잔 밑에서 별로 유언도 없이 운명하고 말았다.

4

 봄이 되었다. 삼십 리 봇도랑은 조선 사람들의 다시 참호가 되었다. 땅이 한 치가 녹으면 한 치를 걷어내고 반 자가 녹으면 반 자를 파낸다. 이 눈치를 채인 토민들은 다시 불온해졌다. 그러나 조선 사람들은 봇도랑에 나갈 때 괭이나 삽만 가지고 나가지 않았다. 있는 물자는 이 황무지와 이 봇도랑을 위해 남김없이 바쳐버렸다. 이것을 버리고 돌아설 데는 없다. 죽어도 여기밖에 없다. 집도 여기요 무덤도 여기다. 언제 토민들이 몰려오든지, 오는 날은 사생결

단이다. 낫이 있는 사람은 낫을 차고 식칼밖에 없는 사람은 식칼을 들고 봇도랑으로 나왔다.

토민들은 조선 사람들이 사생결단을 하고 달려드는 것을 알았다. 그들은 할 수 없이 저희 관청에 진정을 하였다.

쉰징(순경)들이 한둘씩 여러 번 말을 타고 나타났다.

나타날 때마다 조선 사람들은 현정부縣政府로부터 현지사縣知事의 인이 찍힌 거주권과 개간권의 허가장을 내어보였다. 그러나 그네들은 그런 관청과는 아무런 관련이 없는 사람들처럼, 저희 관청 문서를 무시하고 덤비었다.

그러나 삼십 리 긴 봇동에 흩어진 사람들을 일일이 어쩔 수는 없어 그냥 동네 가까운 데로만 다니며 울근거리다가 저희 갈 길이 늦을 듯하면 그냥 어디로인지 사라져버리곤 하였다.

조선 사람들은 밤낮없이, 남녀노소 없이

봇도랑을 팠다. 물길이 될지, 무덤이 될지 아무튼 파는 길밖에 없었다.

토민들은 자기네 관헌이 무력한 것을 보고 돈을 걷어서 군부의 유력한 사람을 먹였다는 소문이 돌았다. 아닌 게 아니라 순경 대신 총을 멘 군인들이 나타나기 시작하는 것이다. 처음엔 다섯 명이 와서 잠자코 봇도랑을 한 십 리 올라가며 보기만 하고 갔다. 다음 날엔 한 이십 명이 역시 총을 메고 말을 타고 나왔다. 황채심 이하 사오 인이 그들의 두목 앞으로 나가 자초지종을 이야기하고, 역시 현정부에서 얻은 개간 허가장을 보이고 또 여기 삼십 호 조선 농민은 가지고 온 물자는 이 황무지와 봇동에 남김없이 바쳤기 때문에 이 황무지에 물을 대고 모를 꽂지 못하는 날은 죽는 날일 수밖에 없다는 것을 간곡히 사정하였다. 그러나 그 군인들은 한다는 소리가,

"타우첸바(돈 내라)."

"늬문 구냥 화칸(너희 딸 이쁘다)."

이따위요, 이쪽 사정은 한 사람도 귀담아듣지 않았다.

이날 밤 조선 사람들은 동회를 열었다. 여기서도 군대의 우두머리를 먹이자는 공론도 없지 않았지만 애초에 개간권 허가 운동을 할 때에도 공안국장에게 돈 오백 원, 현지사 부인에게 삼백 원을 들여 순금 손목걸이를 해다 바쳤던 것이다. 이제는 삼십 호 집집마다 털어 모은대도 단돈 오십 원이 못 될 것이다. 그것으로는 구석구석에서 벌리는 입을 하나도 제대로 씻기지 못할 것이다. 생각다 못해 여기서도 현 정부에 진정을 해보는 수밖에 없다는 공론이 돌았다. 진정서를 꾸며가지고 이튿날 황채심이가 장춘으로 갔다.

그런데 사흘이 되어도 황채심이가 돌아오지 않는다.

다른 한 사람이 갔다.

또 돌아오지 않는다.

이번엔 두 사람이 갔다.

역시 돌아오지 않는다.

가는 족족 잡아두고 보내지 않는 것이 틀림없었다. 무장한 군인들은 수십 명이 봇도랑에 나와 이리 몰리고 저리 몰리고 하면서 봇도랑을 파지 못하게 으르대고 욕하고 때리고 하였다.

그러나 매 맞는 것은 죽는 것보다 나은 것이 너무나 엄연하다. 병정들이 저쪽으로 가면 이쪽에선 그냥 팠다. 이쪽으로 오면 저쪽에서 그냥 팠다.

얼마 안 파면 물곬은 서게 되었다.

병정들은 나중엔 총을 놨다. 총소리는 이들에게 물길이 아니면 무덤이란 각오를 더욱 굳게 하였다. 총소리를 들으면서도 멀리서는 자꾸 팠다.

총알이 날아와 흙 둔덕을 푹 파헤쳐 놓는

다. 어떤 사람은 도리어 악이 받쳐 웃통을 벗어 던지고, 보아라 하는 듯이 흙삽을 더 높이 더 높이 떠올려 던졌다.

창권이네 식구도 모두 봇도랑에 나와 있었다. 창권이는 안사람들만 집에 두기 안되었고, 어머니나 아내는 또 창권이만 봇동에 두면 무슨 일이 나는 것도 모르고 있을까 보아 따라나왔다.

봇도랑 속은 거의 한 길이나 우묵해지고 양지가 되어 집에 있기보다 따스하고 그 구수하고 푹신한 흙은 냄새도 좋고 만지기에도 좋았다. 물만 어서 떨떨 굴러와 논자리들이 늠실늠실 넘치도록 들어가만 준다면 논은 해먹지 않고 그것만을 보고 죽더라도 한이 풀릴 것 같았다. 까마득한 삼십 리 밖, 이 푹신푹신한 생흙바닥으로 물이 고이며 흘러오리라고는, 무슨 꿈을 꾸고 나서 그것을 생시에 바라는 것같이 허황스럽기도 했다. 더구나 여기 토민들 가운데는, 이퉁허보다 여기 지면이 높기 때문에 조선 사람들이 암만 봇도랑을 내어도 물이 올리가 없다고 장담을 하는 패도 있다는 것이다. 그러나 황채심이란 전에 조선서 세부 측량 때 측량 기수도 따라다녀 본 사람이다. 그가 지면 고저에 어두울리 없다.

  창권이네가 맡은 구역은 제일 끝 구역이다. 여기만 물이 지나간다면 흙이 태곳적부터 썩어 댓진 같은 황무지는 문전옥답으로 변하는 날이다. 삼만 평이면 일백오십 마지기(두락)는 된다. 양석씩만 나준다면 삼백 석 추수다. 대뜸 허리띠 끈을 끌러놓게 되는 날이다. 무연한 벌판에 탐스러운 모춤이 끝없이 꽂혀나갈 광경을 그려보면 팔죽지가 근지러워진다. 창권은 후닥닥 뛰어 일어나 날 깊은 괭이를 내려찍는다. 잔돌 하나 없는 살흙은 허벅지에 퍽 박힌다.

5

아흐레 만에 황채심만이 순경들에게 끌리어 돌아왔다. 현정부에서는 거주권도 개간권도 다 승인한다는 것이다. 다만 논의로 풀지 말고 밭으로만 일구라는 것이다. 그것을 들을 수 없다고 주장하였더니 가는 족족 잡아 가두었고 나중에는 황채심을 시켜 조선 이민들에게 밭으로만 개간하도록 설복을 시키려 끌고 나온 것이다.

이날 밤이다. 황채심은 순경들이 못 알아듣는 조선말로 도리어 이민들을 격려하였다.

"여러분, 여러분네 알다시피 저까짓 땅에 서속이나 심지구 우리가 한 상에 이십 원씩 낸 건 아뇨. 잡곡이나 거둬가지군 그식이 장식요. 우리가 만리 타관 갖구 온 거라군 봇도랑에 죄다 집어넣소. 것두 우리만 살구 남을 해치는 일이면 우리가 천벌을 받어 마땅하오. 그렇지만 물만 들어와 보, 여기 토민들도 다 몽리가 되는 게 아뇨? 우린 별수 없소. 작정한 대루 나갈 수밖엔⋯⋯ 낮에 일할 수 없음 밤에들 나와 팝시다. 낼이구 모레구 웬만만 혐 물부터 끌어 넣고 봅시다⋯⋯."

어세와 팔짓을 보아 순경들도 눈치를 챘다. 대뜸 황채심의 면상을 포승줄로 후려갈긴다. 코피가 쭈르르 쏟아진다. 와— 이민들은 몰리고 흩어지고 어쩔 줄을 몰랐다.

황채심은 그길로 다시 끌려갔다.

이민들은 최후로 결심들을 했다. 되나 안 되나 이 밤으로 가서 물부터 끌어 넣기로 했다. 십여 명의 장정이 이퉁허로 밤길을 올려 달았다. 그리고 제각기 제 구역에서 남녀노소가 밤이슬을 맞으며 악에 받쳐 도랑 바닥을 쳐내인다.

새벽녘이다. 동리에서 한 오 리쯤 윗구역에 서다. 무어라는 것인지 지르는 소리가 났다. 중

간에서 같이 질러 받는다. 창권이는 둑으로 뛰어 올라갔다. 또 무어라고 소리가 질러온다. 그쪽을 향해 창권이도 허턱 소리를 질러 보냈다. 그러자 큰길 쪽에서 불이 반짝하더니 탕 소리가 난다. 그러자 쉴새없이 탕탕탕 몰방을 친다. 창권은 두 발자국이나 뛰었을까 무에 아랫도리를 후려갈겨 고꾸라졌다.

"익……."

얼른 다시 일어서려니까 남의 다리다. 띠구르르 굴러 도랑 바닥으로 떨어졌다.

어머니와 아내가 달려왔다. 총소리는 위쪽에서도 난다. 뭐라고 하는 것인지 또 악쓰는 소리가 온다. 또 총소리가 난다. 조용하다.

창권의 넓적다리에선 선뜩선뜩 피가 터지었다. 총알이 살만 뚫고 나갔다. 아내의 치마폭을 찢어 한참 동이는 때다. 무에 시커먼 것이 대가리를 휘저으며 도랑 바닥을 설설 기어 오는 것이다. 아내와 어머니는 으악 소리를 지르고 물러났다. 아! 그것은 배암이 아니었다. 물이었다. 윗녘에서 또 소리를 질렀다. 물 내려간다는 소리였다. 아, 물이 오는 것이었다.

창권이네 세 식구는 그제야 와락 눈물이 쏟아졌다.

물줄기는 대뜸 서까래처럼 굵어졌다.

모두 물줄기로 뛰어들었다. 두 손으로 움켜본다. 물은 생선처럼 찬 것이 펄펄 살았다. 물이다. 만주 와서 처음 들어보는 물 흐르는 소리다. 입술이 조여든 창권은 다시 움켜 흙물인 채 뻘걱뻘걱 들이켰다.

물은 기둥처럼 굵어졌다.

어디서 또 총소리가 몰방을 친다.

물은 철룩철룩 소리를 쳐 둔덕진 데를 때리며 휩쓸며 내려 쏠린다. 종아리께가 대뜸 지나친다. 삽과 괭이를 둔덕으로 끌어 올렸다.

동이 튼다.

두 칸통 대간선이 허―옇게 물빛이 부풀어

오른다. 물은 사뭇 홍수로 내려 쏠린다. 괭이 자루가 떠내려온다. 삽자루가 껍신껍신 떠내려온다.

"아!"

사람이다! 희끗희끗, 붉은 거품 속에 잠겼다 떴다 하며 내려오는 것이 사람이다. 창권은 쩔룩거리며 뛰어들었다. 노인이다. 총에 옆구리를 맞은 듯 한편 바짓가랑이가 피투성이다. 바로 창권이 할아버지 운명할 때 눈을 쓸어 감겨주던 경상도 사투리 하던 노인이다. 창권은 가슴에서 뚝 하고 무슨 탕개 끊어지는 소리가 났다. 차라리 제 가슴 복판에 총알이 와 콱 박혔으면 시원하겠다.

피와 물에 흥건한 노인의 시체를 두 팔로 쳐들고 둔덕으로 뛰어올랐다.

'아……'

창권은 다시 한 번 놀랐다.

몇 달째 꿈속에나 보던 광경이다. 일망무

제, 자리마다 얼음장처럼 새벽 하늘이 으리으리 번뜩인다. 창권은 더 다리에 힘을 줄 수 없어 노인의 시체를 안은 채 쾅 주저앉았다. 그러나 이내 재쳐 일어났다. 어머니와 아내에게 부축이 되며 두 주먹을 허공에 내저었다. 뭐라고인지 자기도 모를 소리를 악을 써 질렀다. 위쪽에서 위쪽에서 악쓰는 소리들이 달려 내려온다.

 물은 대간선 언저리를 철버덩철버덩 떨궈 휩쓸면서 두 칸통 봇동이 뿌듯하게 내려 쏠린다.

 자리마다 넘실넘실 넘친다.

 아침 햇살과 함께 물은 끝없는 벌판을 번져나간다.

무연

無緣

처음에는 고기를 잡는 재미에 가나 차츰은 낚는 맛에요, 낚는데 자리가 잡히면 그로부터는, 하필 물에 가야만 낚시질이 아닌 듯하다. 밝는 날 아침에 떠나기 위해 이날 저녁 등 밑에 앉아 끊어진 실을 잇는 것이나, 뜰망이나 어통을 매만지는 것부터 이미 낚시질이며 물동무와 함께 누워 지난 어느 한때의 낚고 끊기던 이야기로 흥을 돋움도 또한 낚시질이니 지금 내가 이런 이야기를 쓰는 것조차 한 낚시질일 수 없지 않을 것이다.

한번 송전에서, 한번 인천에서 배를 타고 나아가 낚시질을 해보았다. 그것으로 바다낚시질을 말하는 것은 심히 망령될 것이나, 바다낚시질은 좀 소란하고 좀 노동에 가깝고 꽤 물리는 날은 직업적인 결과를 갖게 되는 것만은 사실인 것 같았다.

맑고 고요하고 짐스럽지 않기는 아무래도 민물낚시질이라 생각한다.

내가 서울에서 처음 민물낚시질을 가본 데는 동대문 밖 중랑천이다. 논물이 빠지는 데다가 회기리 쪽으로부터 하수도 이리 합치는 모양으로 물내가 퀴퀴하고 물리는 것도 메기 따위 잡고기가 흔한데 반두질꾼, 주엥이질꾼, 미역 감는 패, 잡인이 너무 모여 시비부도처是非不到處는 아니었다.

다음으로 가본 데가 소래 저수지다. 경인선으로 가 소사에서 내려 마침 버스가 있으면 대야리까지 타고 없으면 장찬 십 리 길을 걸어야 하는 데다. 얕은 줄밭이 많고 깊은 데는 돌로 쌓은 둔덕에 앉게 되므로 바닥도 좋지 못하고 사람도 너무 뜨거워진다. 그러나 가끔 손아귀가 번 붕어를 낚을 수 있는 맛에 공일 날 같은 때는 무려 삼사십 명은 모이는 데다.

서울에서 과히 떨어지지 않은 망우리 고개 넘어 수택리에 좋은 늪들이 서너 자리나 있는 것은 훨씬 뒤에 알게 되었다. 이시미가 나와 송아지를 먹고 들어갔다는, 좀 오래고 깊은 소 늪에는 으레 있는 전설이 여기에도 있는 만치 두 간 반 낚싯대에 으레 길 반은 서는 깊은 물이었다.

고기만을 탐내지 않는 바에는 역시 앉을 자리 좋은 데가 으뜸으로, 자리를 가려 앉으면 물도 맑은 편이요, 울멍줄멍 먼 산의 전망도 일취 있는 데다. 붕어도 소래에서보다 더 큰 것이 가끔 나타났고 어쩌다가는 잉어가 덤벼 줄을 끊거나 한눈파는 새 낚싯대째 끌고 달아나기도 일쑤였다. 은비늘이 물 위에 솟아 뛰고 해오라기 한가히 조는 모양도 수향 경치로는 제격이었다.

그러나 원체 사람이 너무 모여들었다. 버스를 내리는 데서부터 경쟁들이다. 잘 물리는 자리에 앉으려는 것은 욕심이라기보다 누구나의 상정일 것이나 젊은이도 십오 분은 걸리는 데를 늙은이가 뛰는 것은, 뛰다가 그예 떨어지고 마는 것은, 더욱 좁은 논틀길이어서 더 뛰지 못하는 늙은이를 떠다밀고 앞서 달아나는 것은 어느 쪽이나 함께 아름다워 보일 리 없다.

"물립니까?"

남의 옆을 고요히 지나는 교양이 별로 없다. 또 잘 물려도 잘 물린다고 대답하는 정직도 그리 없다. 곤드레가 한 시간만 까딱 안 하면 벌써 탄식이 나온다. 두 시간만 되면 그만 자리를 옮긴다. 다음 자리에서부터는 욕이 나온다. 용왕님이 옆에 있기만 하면 얻어맞았지

별수 없을 것이다. 온 늪의 고기를 제 자리에만 끌어모을 듯이 깻묵과 반죽 미끼를 아낌없이 퍼붓는다. 옆의 친구가 여간해서는 그냥 견디지 못하고 미끼 던지는 경쟁이 일어난다. 이렇게 고기들은 낚시를 찾을 겨를이 없이 그만 배가 불러버리는 것이다. 제일 질색인 것은, 큰 고기에 마음이 들뜬 친구다. 소위 낭에라고, 납이 호두알만치나 달린 것으로 남은 다 쫓아버릴 듯이 혼자 털버덩대고 돌아다니는 것이다. 시정에서 부리던 얌체와 악지와 투기를 그냥 가지고 오는 사람이 거의 전부인 것이다.

 '좀 멀더라도 이런 사람들한테 시달리지 않을 데가 없을까?'

 수십 년 잊어버렸던 데가 진작부터 생각났고 희미한 기억이 차츰 소명해지는 데가 있었다. 강원도 동주 땅 어느 산촌으로, 산촌이면서 물이 많아 '용못'이란 이름을 가진 동리다. 어려서는 자주 가보던 외가댁 동네다.

외조부님께서 낚시질을 즐기셨다. 손수 낚싯대를 다듬으시고 손수 줄을 다리셨다. 지금 우리가 사다 쓰는 도구와는 다르다. 참대가 귀한 데라 서울 인편이 있을 때, 대설대보다는 배나 굵고, 한 발은 훨씬 넘어서 자르면 끝이 간필 붓두껍만 한 대와, 길이가 그것과 거의 비등할 왕대를 쪼갠 죽편을 사 온다. 통대는 불에 쪼여 굽은 데를 바로잡고, 대설대 만들듯 마디를 뚫는다. 자루에 소뿔을 깎아 아로새겨 박고 끝은 터질 염려가 없도록 명주실로 감은 후에 밀을 먹인다. 죽판으로는 그 끝에 꽂을 휘추리를 다듬는 것이다. 이것도 굽은 데를 잡은 다음 처음에는 칼을 쓰고 다음에는 사금파리로 다듬어, 다시는 트집도 아니 가고 물도 아니 먹게 기름칠을 해가며 끝을 돌을 달아 몇 달이고 매달아 두는 것이다. 이것을 거꾸로 꽂으면 통대 속에 잠겨버리고, 바로 꽂으면 전체가 꿩의 장북을 든 것처럼 주둥이 처지는 법

없이 쭉 삐어야 쓰는 것이다. 어려서 몇 번 들어 본 기억이나 요즘 사다 쓰는 낚싯대처럼 주둥이 무거운 법은 결코 없는 것이다. 실도 명주로 세 벌로 들여 가락나무 물을 들이고 그것을 청석돌에 감아 기름을 먹여 밥솥에 쪄내는 것이다. 여간 공이 아니었다. 낚시도 머슴아이를 시켜 휘는 것이라 미늘이 커서 여간해선 고기가 떨어지지 않는 것이요, 목줄도 흰 말총을 뽑아다 매는 것으로 물속에 들어가면 투명해 고기 눈에 잘 뜨일 리도 없다. 고기 족댕이는 장마 때 같은 때 댑싸리로 손수 결으셨고 받침대에는 무슨 글인지 한문인데 잔글씨로 여러 줄 새긴 것을 본 생각이 난다.

    이 외조부님께서는 '담금질'이라고, 앉아서 하는 낚시질만 다니셨다. 내가 몇 번 따라가 본 데는 쇠치망이라는 데다. 동네 앞을 지나 내려오는 약간 흐린 개울물과 금학산 깊은 산골짜기에서부터 칠송정이니 선비소니 여러 소를 이

루며 흘러 내려오는, 차고 맑은 한내천이 합수되는 데다. 석벽 밑은 아무리 가뭄 때라도 바닥이 들여다보이지 않는다. 이시미가 나와 소를 잡아먹어 쇠치망이란 이름이 생겼다는 데로, 고기도 흐린 물 것과 맑은 물 것이 다 모이는 데다. 싯누런 붕어도 있고, 무지개처럼 오색이 영롱한 무당치리도 있고 은비늘에 청옥빛이 도는 참마자 떼와 검고 가시는 세나 맑은 물고기 중에서도 제일급인 꺽지도 있다. 비가 오는 때거나 비가 든 직후여서 물이 붉은 때에는 지렁이 미끼로 붕어와 드럭마자와 미어기를 잡는 것이요 물이 맑아지면 여울담에서 돌미끼를 잡아 참마자와 꺽지를 낚는 것이다. 매미 소리뿐, 그리고 저 아래 여울담에서는 물소리뿐, 무한 고요한 주위였다. 내가 갑갑해하는 눈치면 외조부께서는 낚시는 담가놓은 채 나를 이끌고 원두막으로 가셨다. 참외는 진흙밭에서 아침 이슬에 딴 백사과였다. 희고 둥글고 홈마다 푸른 줄이 진 것인데 배꼽을 따면 불그스름한 것은 무르익은 표였다. 요즘 멜론을 연상시키는 향기와 단맛인데 그 연삭삭한 맛은 멜론이 당치 못할 것이다.

그러나 나는 외조부님보다는 외삼촌들을 따라다니기가 즐거웠다. 외삼촌들은 담금질은 갑갑하다고 하지 않았고 그물을 가지고 선비소로 가거나 낚시질이면 여울놀이를 하였다. 담금질보다 낚싯대도 경쾌하고 낚시도 파리 한 마리를 끼면 고만이게 적다. 곤드레도 수수깡 속보다도 훨씬 가는 무슨 나무의 속을 뽑아쓴다. 여울에 들어서서 낚시를 흘리는 것이다. 여울 고기는 여간 민활하지 않아, 곤드레가 미처 채일 새가 없이 고기 그것처럼 노는 것이다. 풀은 흘러 내려가고 고기는 거슬려 끌려 올라오므로 낚싯대에 실리는 탄력은 갑절이나 더하다. 장마 뒤면 가끔 호화스러운 무당치리가 끌려 나온다. 은어 비슷하게 생긴 것으로

등은 검으나 몸은 푸른 바탕에 붉은빛이 거칠게 죽죽 그어졌다. 배에는 약간 누른빛까지 돌아 여울놀이에서는 가장 유쾌한 꽃고기다. 가뭄 때에는 이보다 맑고 기름지기는 더한 갈베리, 날베리 들이 물린다. 선비소에서부터 진소까지 오 리도 못 되는 데를 내려가는 동안, 두 사발들이 족댕이가 차버리는 것이 항용이다. 낚시를 물 만한 놈이면 적어도 찌쁨짜리에서부터 굵은 놈은 거의 한 자에 이르는 놈이 간혹 있다.

    그물을 가지고 선비소로 갈 때는 족댕이는 안 된다. 아예 옥수수나 오이를 따러 다니는 다래끼를 들고 간다. 큰 바위를 둘러 그물을 치고 돌을 들어다 바윗등을 드윽득 갈면 신짝만큼 한 꺽지, 뚝지, 날베리 들이 나와 그물을 쓰는 것이다. 선비소는 물이 맑고 강변이 깨끗하여 천렵들을 많이 오는 덴데, 옛날, 어떤 선비가 여기 바위 위에 나와 글을 읽다가 책이 바람에 날려, 그것을 집으려다 빠져 죽어서 선비소란 이름인 만치 도깨비 많기로도 유명한 데였다. 낮에라도 아이들끼리만은 무서워 못 오는 데다. 그러나 조금도 어두운 인상을 주는 데는 아니다. 등성이가 잣나무 숲인 석벽이 좌청룡 우백호로 둘려 남향 볕이 언제든지 뜨거웠고 속속들이 자갈이어서 아무리 헤엄을 쳐도 물이 흐르지 않는다. 탐스러운 들백합이 석벽에 늘어져 웃고 구름을 인 금학산은 늘 명상에 조는 처사의 풍토였다. 나는 용못을 생각하면 먼저 선비소부터 그리워지곤 하였다.

우리가 서울 온 후로 외가와 내왕이 드물어졌고, 더욱 나는 공부로, 세상살이로 서울에서도 다시 나돌아 전전하기를 여러 해에 외조부님도 이미 내가 강호에 있을 때 옥루에 오르셨고, 외삼촌들도 누대 살아오던 용못을 버리고 만주 어디로, 북지 어디로 흩어졌다 하니, 나와 용못은 점점 인연이 멀어지고 만 것이다.

그러던 것이 낚시질로 인해 물을 찾게 되었고, 물녘에 앉아 떠오르는 데는 진작부터 용못이었다. 그러나 길이 외지고 이제는 찾아가야 누가 낯을 알 만한 데도 아니어서, 나 혼자 전설의 하나로 즐길 뿐이더니 낚시터를 찾아다녀 볼수록 사람멀미가 못 견딜 지경이요, 청유淸遊가 아니라 때로는 욕되는 적이 없지 않아, 그 매미 소리뿐이요, 그 들백합의 웃음뿐인 쇠치망과 선비소에 한번 낚시를 담가보고 싶은 욕망이 더욱 간절해져 그예 지난 여름에는 뜻을 정하고, 여러 날 앞서부터 행장을 갖춰다가 바람 잔날을 택해 새벽차로, 어느 고운 님을 뵈오려 가는 길이 그처럼 설레랴 싶게 용못을 찾아갔던 것이다.

아아! 십 년이면 산천도 변한다는 십 년이 두어 번 지났기로 과연 세월에는 산천도 못 믿을 것이던가! 동네 한가운데 있는 큰 돌다리

밑에 소녀 하나가 나와 걸레를 헹구는데 흙탕이 이니 개울이 아니라 그만 조그만 도랑이 되어버렸고나! 전에는 겨울에도 얼음 위에서 떡메로 때리면 얼음이 살가는 바람에 손뼉 같은 붕어가 자빠져 뜨던 데다. 이 개울물이 어찌해 이다지 줄었느냐 물었으나 걸레 빠는 소녀는 예전 개울은 본 적도 없으니 내 묻는것만 부질없었다. 농사가 한참 바쁜 머리라 동네는 빈 듯 고요하였다. 누구를 만난대야 서로 알아볼 리도 없겠기에 예전 외갓집이던 집이 있는 윗말 쪽은 바라만 보고 우선 낚시부터 담가보고 싶은 욕심에 쇠치망으로 향하였다.

걸을 만치 걸었다. 저만치 어드메쯤이 쇠치망이려니 하는 데에서 나는 더욱 요령을 잡을 수 없어 한참이나 망설였다. 분명 쇠치망일 데를 산을 뭉개 메우고 뻘건 진흙길이 비탈을 돌아간 것이다. 김매는 농군에게 물은즉, 거기가 쇠치망이 옳다 한다. 뒷산 골짜기에 광산이 생겨 화물자동차가 드나드느라고 길을 닦아 쇠치망의 소는 없어진 지 오래다 한다. 그 앞에 다가가 보니, 흐르는 물도 좁은 목으로는 성큼 뛰어 건널 정도다. 다시 농군에게 돌아와 물으니, 앞개울 물은 수리조합 저수지에 수원을 빼앗겨 겨우 논에서 빠지는 물이나 내려오는 것이며 선비소를 거쳐 흘러오는 한내천조차 수도 수원지가 되어 옛 사람들이 먹어 말리는 때문이라 했다. 그러면 선비소도 물이 줄었느냐 물으니, 물이 뭐요 아마 그냥 갯장변이리다 한다. 허무한 노릇이다. 왔던 길이니 옛 추억이나 더듬을까 하여 땀을 흘리며 선비소로 올라가니 등성이에 잣나무 숲은 백골 치듯 하얗게 깎이고, 공동묘지가 된듯 무덤이 됫박 덮이듯 했다. 그새 여기 사람이 저렇듯 많이 죽었는가! 물이 모일 만한 덴데 보이지 않는다. 가까이 가니까야 물소리가 난다. 흐르는 소리가 아니라 한번 나고 그치는 소리인데 어떻게 되어 난 물

소리인지 이상하다. 내 걸음에서 나는 것이 아닌 자갈 밟는 소리가 들린다. 그쪽을 살피니, 웬 하얀 귀신 같은 노파가 선비소의 바로 석벽 밑에서 올려 솟는 것이다. 나는 등골이 오싹해 걸음을 멈추었다.

    무얼까? 주춤주춤 자갈밭으로 올라서더니 꾸부정하고 엎드린다. 자갈을 주워 치마폭에 담는 것이다. 한참 담더니 허리를 펴고 돌아서 주춤주춤 석벽 밑으로 내려가는 것이다. 물은 보이지 않으나 물소리가 난다. 아까 들은 것도 자갈을 물에 쏟는 소리였다. 파뿌리 같은 머리가 또 올려 솟는다. 주춤주춤 자갈밭으로 올라서더니 또 자갈을 집히는 대로 치마폭에 담아가지고는 다시 내려간다. 나는 판단하기에 곤란하였다. 선비소에는 여러 가지 도깨비의 전설이 있다 하나 밤도 아니요, 낮이라도 운권천청인데 도깨비라 보기에는 내 자신이 상식을 너무 멸시해야 된다. 사람이라 보기에는, 이런 처소에 옴 직하지 않은 백발 노파일 뿐 아니라 돌을 주워다 물을 메운다는 것이 이해할 수 없는 행동이다. 사방을 둘러보니 산밭에서 김매는 사람들이 처처에 있다. 나는 용기를 얻어 부러 자갈 소리를 크게 내면 석벽 밑에서 물소리를 내고 다시 주춤주춤 올라서는 노파를 향해 나아갔다.

"여보슈?"

노파는 탁 풀어진 뿌연 눈으로 헐떡이며 마주 보기만 한다.

"돌은 왜 담어다 물에 넣소?"

대답이 없다. 꾸부정하고 그저 자갈을 줍더니 또 물로 내려간다. 또 올라오는 것을 소리를 질러 물었다.

"물을 아주 메꿔버릴려구 그러시오?"

그제야 노파는 고개를 끄덕인다.

"왜요?"

역시 말은 없이 자기의 행동만 계속한다.

쇠치망만 그리 못하지 않게 깊고 넓던 여기가 자갈이 내리밀려 평지처럼 변작이 되었는데 물줄기가 여기는 아주 끊어져 버렸다. 다만 석벽 밑에만 겨우 두어 칸통 되게 자작자작한 물이 남았을 뿐인 것을 이 알 수 없는 노파가 부지런히 메우고 있는 것이었다.

금학산만은 예와 같았다. 흰 구름을 이고 태평스럽게 졸고 있다. 석벽을 더듬으니 들백합도 몇 송이 시뻘겋게 피어 있기는 하였다. 연목구어란 말을 생각하며, 어구를 벗어놓고 불볕에 앉아 한참 쉬어가지고는 다시 동네를 향해 들어오는 수밖에 없었다. 노파는 쉬지도 않고 땀을 철철 흘려가며 지성으로 돌을 나르고 있었다.

참외막을 겨우 하나 찾았다. 맨 요새 긴마까뿐이다. 백사과니 감사과니 먹사과니는 이젠 절종이 되었다는 것이다. 그것도 개화속에 맞지 않아 그런지 긴마까처럼 잘 열리지부터 않고 잘 찾지들도 않는다는 것이다.

    참외까지도 고전이 되어버리는가! 나는 종로에서 사 먹는 것보다 좀 신선하기는 한 긴마까를 먹으며 이 참외막 주인에게서 그 선비소의 백발 노파의 수수께끼를 겨우 풀었다.

    그는 도깨비도 망령 난 늙은이도 아니라 한 슬픈 어머니였다. 그의 작은아들이 병신을 비관하여 선비소에 빠져 죽었다는 것이다. 넋이라도 건져주려 물굿을 했더니 물에서 나오는 넋은 자기 아들이 아니라 의외에도 자기 아들보다 몇십 년 앞서 빠져 죽은 안마을 어떤 집 종년이었다. 물귀신은 그렇게 언제든지 대신 들어가는 사람이 있어야 나온다는 것으로, 다시 누가 빠지기 전에는 암만 물굿을 한들 자기 아들의 넋은 건질 바가 없었다. 살아서도 병신으로 구석으로만 돌던 것이 죽어서까지 외딴 벼랑 밑 우중충한 물속에서 일구영천 천도 될 길이 없을 것을 생각하고는 몇 번이나 그 어머니는 자기를 그 물에 던졌으나 번번이 큰아들에게 건짐을 받아 작은아들을 대신할 물귀신이 되지 못하다가, 마침 선비소가 물이 줄고 장마 때면 자갈만 내리쏠려 변작이 되는 통에, 옳구나 하늘이 무심치 않다! 하고 날마다 나와 그 얼마되지 않은 물을 메우기 시작한 것이라 한다. 허황하나 이 또한 인생의 얼마나 진실한 사정이기도 한가!

    나는 윗말로 올라서 우리 외가댁이던 집을 찾았다. 중년 할머니가 손자인 듯 갓난애를 업고 마당에서 밀 멍석에 닭을 쫓고 있었다. 지나가던 사람인데 사랑 구경이나 하겠노라 청하니, 아들이 출타하고 없으니 들어가 쉬어라 한다.

    사랑 마당에 들어서니 기억은 찬찬하나 눈에 몹시 설어진다. 누마루가 어렸을 때 우러러 보던 것처럼 드높지는 않다. 삼면 둘러 걸분합이던 것이 유리창이 되었다. 전면에 '호상루療想

樓'란 현판이 붙었는데 없어졌고, 붕어 달린 풍경도 간데없다. 사랑방은 미닫이가 닫겨 있었다. 누마루 밑을 돌아 연당으로 가보았다. 연은 한 포기도 없이 창포만 무성한데 개구리들만 놀라 물로 뛰어든다. 밤이면 개구리들이 어찌 시끄럽도록 울었던지, 외조부께서 잠드실 동안은 하인을 시켜 돌을 던져 울지 못하게 하던 연당이다. 연당 건너 초당이 그저 있다. 삼간 사랑이 겨울이면 너무 휑뎅그렁하시다고 단칸방에 단칸 마루를 달아 지어, 삼동에만 드시던 초당이다. 새 주인은 이 초당은 돌보지 않은 듯, 이엉 썩은 물이 벽과 기둥에 흉하게 흘렀다. 영창 바로 위에 무슨 글 여러 줄의 흔적이 있다. 종이가 몹시 삭았다. 이것이 이 집에 남은 우리 외조부님의 유일한 필적이나 아닌가 해 반가이 나아가 살펴본즉, 안노공체의 둔중한 운필이 과연 그 어른 모습다웠다.

坐茂樹以終日濯淸泉以自潔採於山美可茹釣於水
鮮可食起居無時惟適之安

(좌무수이종일탁청천이자결채어산미가여조어수선
가식기거무시유적지안)…….

 더 읽을 수가 없이 아래는 종이가 삭아 떨어져 버렸다. 그 초당에 잘 어울리는, 속기 없는 좋은 글이다. 나중에 돌아와 상고해보니 한퇴지의 글이었다. 글은 비록 남의 것이나 한때 생활은 바로 이 어른의 것이었다.
 '기거무시 유적지안…….'
 나는 초당 마루에 걸어앉아 멀리 금학산 머리에 구름을 바라보며 이런 생각을 입속에 다스렸다.
 '이 초당 주인께서 지금껏 현세에 계시다면 오늘의 쇠치망과 선비소에 심경이 어떠실 것인가?'
 잘 사시다 잘 가셨다!

자연도 주인과 함께 오고 주인과 함께 가는 것인지 몰라!

기거무시의 생활부터 없으며 이제는 전설 일밖에 없는 그런 청복을 시정에서 파는 속취 분분한 물감 칠한 낚싯대와 더불어 낚으러 다닌다는 것은 그 생각부터가 한낱 부질없는 꿈이런가!

외가댁 문중에서 아직 몇 집은 이 동리에 계신 줄 짐작하나 나는 수굿하고, 그 아들의 넋을 물을 메움으로써 건지기에 골똘한 늙은 어미의 애달픔을 한편 내 속에 맛보며 길만 걸어 동구 밖을 나서고 말았다.

한 사조의 밑에 잠겨 산다는 것도, 한 물 밑에 사는 넋일 것이다. 상전벽해라 일러는 오나 모든 게 따로 대세의 운행이 있을 뿐, 처음부터 자갈을 날라 메우듯 할 수는 없을 것이다.